バーチャル人狼ゲーム
今夜僕は君を吊る

土橋真二郎

イラスト◎望月けい

CONTENTS

DESIGN／カマベヨシヒコ

バーチャル人狼ゲーム

今夜僕は君を吊る

【登場人物】

高坂直登(こうさかなおと)	ボードゲームサークル所属。頭の回転は早いが人付き合いは苦手。
椎名昇(しいなのぼる)	サッカー部所属。高坂の数少ない友人の一人。
片桐司(かたぎりつかさ)	高坂の友人。思いやりのある人物でクラスメイトの信望も厚い。
香川泰明(かがわやすあき)	授業態度はいたって真面目。テストも常に上位の完全主義者。
西野雄太(にしのゆうた)	陸上部所属。人当たりのよい男子で体育会実行委員も兼任する。
秋山翔(あきやましょう)	団体行動から外れることが多く、悪い噂が絶えない。
神崎拓哉(かんざきたくや)	部活の所属はない。秋山とつるんでいることが多い。
石田寛(いしだひろし)	吹奏楽部所属。明るいお調子者。
前園彰人(まえぞのあきと)	学園祭実行委員。真面目な生徒だがある理由で孤立している。

柊木由希(ひいらぎゆき)	ボードゲームサークル所属。気弱な性格だがゲームの勝敗にはうるさい。
最上美穂(もがみみほ)	クラス委員長。弓道部所属。頼まれると断れないタイプの人物。
七瀬瑞乃(ななせみずの)	水泳部所属。正義感の強い少女で風紀委員のトップに登りつめる。
三木原繭(みみはらまゆ)	演劇部所属。才色兼備な少女だが天才肌ゆえ狂犬とも揶揄される。
愛沢佳那(あいざわかな)	文芸部所属。純真で感情表現が豊かな少女。片桐の恋人。
小野寺好美(おのでらよしみ)	料理研究会所属。お菓子作りが得意。七瀬や三木原と仲がよい。
福田ゆかり(ふくだ)	園芸部所属。花言葉に詳しい穏やかな性格の少女。
赤城里沙(あかぎりさ)	部活の所属はない。読書が趣味の物静かな少女。

【人狼ゲームとは？】

プレイヤーはそれぞれ極秘裏に「村人」と村人に化けた「狼」の役職を与えられ、プレイヤー同士の会話から相手の正体を推理し合う心理ゲーム。伝統的なパーティゲームとして役職を市民とマフィアに置き換えたもの等、様々なバリエーションやローカルルールが存在する。日本ではネットの普及やスマホアプリの登場をきっかけにブレイク。「人狼ゲーム」を題材にした漫画や映画等、様々な派生作品が登場している。

【今作品における人狼ゲームのルール、役職など】

村人（複数）　夜は家に立てこもり鍵をかけて狼をやり過ごす。
占い師、狩人を含む村人の数が、狼と同数かそれ以下になった場合、
村人は敗北する。

狼（複数）　昼間は人に化け夜に村人を襲う。外に出ているか扉の鍵をかけていない
村人がいた場合、優先的に襲う。
狩人を襲う決断をすることもできるが、勝敗はランダムとなる。

占い師（一人）　夜は教会に移動して狼が誰かを占う。
占い対象者が狼か否かがわかる。夜は必ず教会にいる必要がある。

狩人（一人）　銀の弾丸を発射する銃を持つ。
夜は守りたい対象者の家の屋根に潜むことができる。
狼は狩人が守る建物を襲うことができるが、狩人が銃を使った場合は死ぬ。

共有者（二人）　他の役職と兼ねることができる。
共有者同士はお互いの役職を知ることができる。

墓地　死体を置くと死んだ人間の役職が判明する。
ただしゲームでの正当な死者に限る。

焚火　広場の中心で燃える火。炎に焼かれれば人間も狼も死ぬ。

プロローグ

「委員会は環境、クラスの係は植物。へちまとゴーヤのグリーンカーテンがうまくできたのが私の自慢です。この夏が終われば、へちまはスポンジにして配る予定なのでお楽しみに。

期末テストはほとんどが平均点。赤点はなかったけど高得点もありません。得意科目は英語ですが平均よりも少し上ぐらい。体育が少し苦手なのでそれでバランスをとる感じ。点数をグラフにするととてもなだらかで滑り台は作れない。

きっと、この高校の平均値をピックアップするなら私が選ばれるだろうなと、そんな人間なんだと思う。

私はこのクラスで目立たない平凡な人間だって自分でもわかってる。それなのに授業中はなぜか指名されることが多いのだけど。このクラスで演劇をやることになったら、配役は村人その2とかだと思う。

忘れてました。放課後の活動はボードゲームサークルです。お茶を飲みながらレトロなボードゲームに興じるだけの、つまらないサークル。

……あ、部長の高坂《こうさか》君に悪いかな。つまらないというのは外から見ればってことで、ゲーム自体はとても面白いのだけどね。でも、部員が集まらなくてゲームをやるのにも助っ人《すけと》が必要なときが多いくらい。

そんなときでも私はいたって平凡。ゲームに勝ったところで手に入るのはちょっとしたお菓子だけだし、モノポリーの駒は指ぬきを選ぶの。そういえば指ぬきの駒はお役御免になったらしく、今のモノポリーには同梱《どうこん》されていないらしいね。愛好家からは輝きを失った駒と称され、目立たない——まるで私のような駒。

だから思う。これが演劇であってもゲームだったとしても、私が狼《おおかみ》を与えられるはずがないって。

過去において私は、もしかしたら罪を犯したかもしれない。車の通らない道の信号を無視したこともある。気づかずに蟻《あり》を踏み潰したことも、他人の罪を見て見ぬふりをしたことも。でも、このゲームの私は罪人じゃない。

だからこそはっきりと言います。

……クラスメイトを殺した狼《おおかみ》は私じゃありません。

それはまぎれもない真実。決してこの言葉は狼《おおかみ》の囁《ささや》きではない。

最後になりましたが、そんな私に与えられた配役は——」

1
エピローグのない演劇

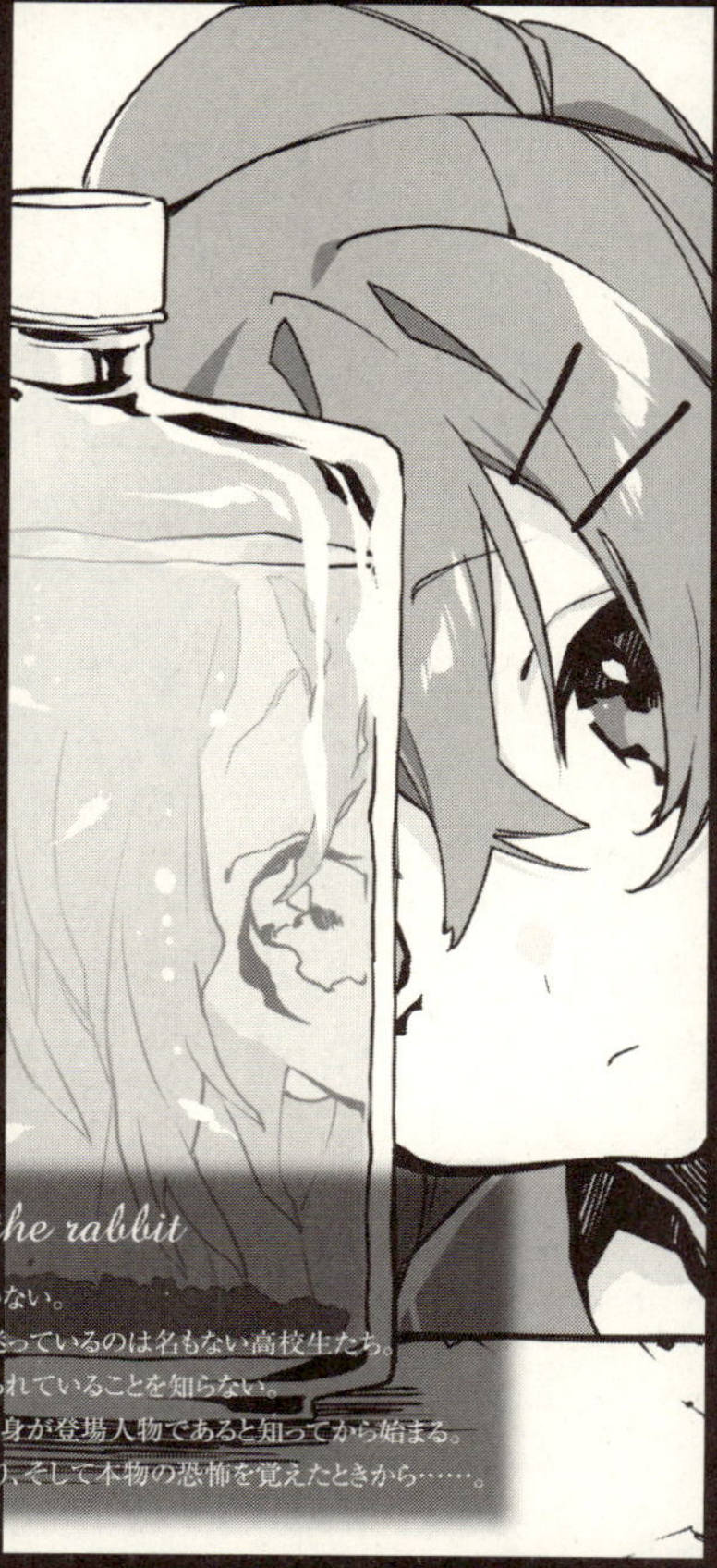

whisper of the rabbit

物語はまだ始まっていない。
それは深い森の中。迷っているのは名もない高校生たち。
彼らは自分たちが見られていることを知らない。
物語は、彼らが自分自身が登場人物であると知ってから始まる。
獰猛な獣から逃げ切り、そして本物の恐怖を覚えたときから……。

「ねえ、思ったんだけど、飼育セットのこれって大きくなったらどうなるんだろう」

少女の横顔は憂えていた。その視線の先にはスキットルのような水槽がある。窓際《まどぎわ》の棚の水槽には、半透明の小さな生き物の群れがうごめいている。

「水族館で見たことがあるけど、あれって結構大きくなるよね。大きくなったら川に放していいのかな。いや、それより百円玉ぐらいになった段階でこの水槽から出られないよね」

飼育セットを心配げに見つめているのは七瀬《ななせ》瑞乃《みずの》だ。彼女の表情が本当にカブトエビの未来を憂えているようで、高坂直登《こうさかなおと》は笑ってしまった。

「生き物係の君が買ってきたんでしょ」

七瀬《ななせ》がむっとしたように睨《にら》みつける。このクラスでは生徒が全員何らかの係を請け負うのだが、本当に必要とされている係は数種で、他は無駄と言っていい。それでも活動費も出るので仕方なく体面を整えたのだ。ただ、この生き物に興味を持ったのは窓際《まどぎわ》の席の七瀬《ななせ》ぐらいのものだった。

「このカブトガニはどうなるの?」

「飼育セットはリサイクルショップで、悲劇的な結末込みで買ったんだ」

七瀬《ななせ》が唖然《あぜん》としている。彼女は表情の起伏がとても大きい。

「それじゃあ、残酷な結末を知っていながら水槽を見る私たちはなんなの……」

「安心しろ。その水槽に興味を持ってるのはナナだけだ」

「ちょっと！」

黒板の前でクラス委員長の女子が苦い顔をしている。

「今はシーモンキーの未来よりも、このクラス、二年四組の未来でしょ」

黒板には喫茶店やかき氷、映画制作や演劇などの文字が並んでいる。今はホームルームの時間で、夏休み後に開催される学園祭の出し物を決めていた。教室にはクラスメイトが全員そろっていたが、議論への集中力は欠けていた。

「ナナは何がいいと思う？」

委員長の最上美穂《もがみみほ》が黒板を指さす。彼女の横には学園祭実行委員の男子の前園《まえぞの》が立っているが、議論の進行を最上《もがみ》に丸投げしている。

「せっかくだから何かを作りたいよね。ちなみにテニス部はカフェをやるから、できれば避けたいんだけど」

七瀬《ななせ》の意見が引き金となって次々に声が上がる。ほとんどの生徒は部活や委員会に所属しており、そこでも学園祭の出し物がある。

「俺のところもたこ焼き屋台だから」隣の席の椎名《しいな》はサッカー部所属だ。「高坂《こうさか》もサッカー部のたこ焼き手伝うか？」

「いや、いいよ。俺は俺のサークルがあるし」

高坂《こうさか》は溜息《ためいき》を吐《つ》いて窓に視線をやった。真っ青な空に積乱雲が浮かんでいる。

「高坂《こうさか》ってサッカー部だったんだっけ？」

委員長に注意されたのを忘れて、七瀬《ななせ》が会話に入ってくる。

「そうだよ、こいつはすぐ辞めたっていうか、辞めさせられたけど」

「サッカー部って前時代的なしごきとかあるもんねえ」

「高坂《こうさか》がそれを変えようって、戦略ソフトを持ち込んだり、効率的な練習メニューを組んだりしたんだよ」

「へえ、えらいなあ。おい、えらいぞ」

七瀬《ななせ》が窓を向く高坂《こうさか》のわき腹をつついてくる。

「最初はちょっと衝突があったけどさあ、それでも今の三年も今までのやり方は違う、みたいになって最終的に対話を受け入れてくれたんだ」

「じゃあ、なんで高坂《こうさか》は追放されたの？」

「先輩がさ、『先輩後輩関係なく忌憚《きたん》のない意見を言い合おう』ってなったんだ。そしたら高《こう》坂《さか》が『前から思ってましたけど～』みたいに本当に忌憚《きたん》ない意見を言いやがってさ。先輩たちの人格批判とかしだしちゃって」

「うわあ、空気読まないねえ。イメージ通りだけど」

「サッカー関連のことを言えって喧嘩《けんか》になって、そのまま追放だよ」

そんな会話を聞きながら高坂《こうさか》は思う。自分は間違っていただろうか。一時の感情で反省したからといって、非科学的なしごきをした先輩たちの罪は消えないはずだ。その罪を償ってもらってから、チームとして再出発したかったのだ。

だが、高坂《こうさか》の味方をする同級生はおらず、サッカー部を追放された高坂《こうさか》は、メンバー消失で消えかけていたボードゲームサークルに落ち延びることになった。ボードゲームサークルと言っても80年代の雑誌やレトロボードゲームが置いてあるだけのスペースで、部員も三人だけだった。

「練習中に水を飲むなとか言うんだぜ」

高坂《こうさか》は窓に向いたまま一言だけ反論した。

「でも、それはサッカー部のルールでしょ。どんな不条理なルールだって守らなきゃ。それが嫌だったらルールを変えるかしかないじゃん」

七瀬《ななせ》は風紀委員長だった。ルールを生徒たちに守らせる側なのだ。

ポニーテールに結んだ髪はブラウンにカラーリングされていた。黒いジャージの上を着ている。カラーリングもジャージを羽織ることも学校に禁止されていたが、七瀬《ななせ》が風紀委員長になることでルールを変えたのだ。高坂《こうさか》のTシャツ姿も彼女に与えられたともいえる。放課後は制服を脱いでの活動が許されていた。

黒板に向くと出し物の案に線が引かれている。すでにほとんどの団体の出し物は決まっているため、ダブリが消されていく。本来なら学園祭の話し合いはもっと前に行うべきだったが、あるトラブルのため先延ばしになっていた。出遅れたこのクラスにはほとんど選択権がないも同然だ。そして黒板に残った案は映画制作と演劇だった。

「演劇系か」

飲食と違って演劇は他の団体と被《かぶ》っても演目が違えばいい。だが、それを見た生徒たちから批判意見が出る。練習はどうするのか、時間もないし道具をそろえる資金もない。要約すると面倒なのだ。

そんな無責任な意見を一人で受け止めているのがクラス委員長の最上《もがみ》だ。彼女は華奢《きゃしゃ》な体でクラスメイトの尖《とが》った言葉を浴びている。高坂《こうさか》としては協力してやりたかったが、混とんとしたこの状況に割って入るのはためらってしまう。

「演劇にしたって映像を撮るにしたって難しいよね」

七瀬《ななせ》が平然と話しかけてくる。

「俺は映像撮るの好きだけどな。やるんならカメラ係にするかな」

「そういえばボドゲーサークルのＰＶ綺麗《きれい》だったよね。女子水泳部も作ったけど、ちょっと評判悪くてさあ。なんかアドバイスある？」

七瀬《ななせ》は水泳部にも所属している。彼女たちが作ったＰＶは制服姿のままプールサイドで踊り、最後に服を脱いでプールに飛び込むといったものだった。もちろん制服の下は水着だ。

「あれさあ、水着を着てるからってパンツを見せてもいい感じで踊ってたじゃん。見えたのは水着だったっていうネタばらしはいらないと思う。なんかがっかりする」

「そういうアドバイス、外でしないほうがいいよ」

「もー、今は演劇の話でしょ」

　またも最上《もがみ》に注意されてしまった。

「演劇に関しては、大がかりなのが無理だったら少しシンプルに……たとえば人形劇とか」

　高坂《こうさか》は七瀬《ななせ》のスマホのストラップを指さす。スマホよりでかいマスコットたちが繋《つな》がれている。どっちが本体だかわからないほどのストラップマスコットも風紀委員長の規制緩和のたまものだ。現在はアクセサリーの持ち込みは合計一キロまでという妙なルールができている。

　高坂《こうさか》は女の子のマスコットを手に取り動かした。

「私はナナよ」

「その裏声やめて。アプリゲームの限定キャラクターなのよ」

「みんな騙《だま》されないで、本物のナナはこっちなの」

「そして今日も夜が来る。残酷な夜が……」

　くまのマスコットが乱入してきた。ナレーターのような整った声は三木原繭《みきはらまゆ》だ。繭《まゆ》は自分のスマホのくまのストラップを操り女の子に覆いかぶさる。

「僕はずっとナナのことが好きだった。でも僕はしがないストラップ。だからナナがストラップになるように願ったんだ」

「そ、そんな……」

「おい、本当にやめろ。くまの腰を動かさないで」

七瀬《ななせ》は高坂《こうさか》を睨《にら》みつけてから、三木原繭《みきはらまゆ》のおでこを指で軽く弾《はじ》いた。

いつの間にか教室の喧騒《けんそう》が収まっていた。

「でもみんな、映画制作は悪くないんじゃないかな」

繭《まゆ》がストラップのくまを動かしながら皆に語り掛ける。本当にくまが喋《しゃべ》っているかのようで、生徒たちは見入ってしまっている。

「でも、時間があるかな。今から機器を借りるのだって……」

誰かの意見を、彼女は整った笑みで受け止めた。

「照明も音響もメイクアップも必要ない。台本だって新しく書く必要はないし、衣装を作る労力もいらない場所があるじゃない」

それはくまの声色ではなく繭《まゆ》の声だった。

「演劇はね、下北沢《しもきたざわ》の薄暗い地下劇場で使い捨てのストーリーを垂れ流す時代は終わっているの。今はなんであってもスピードが求められるから」

繭《まゆ》の演説を横目に首をかしげていると、七瀬《ななせ》がこちらを向いた。

「カスケードのことだよ」

カスケード。それは仮想現実の新システムの名称だ。ＶＲは数年前に開発のピークを迎えたが、同時に規制も厳しくなり衰退していったと聞く。そんな中で仮想のリアルさを追求したシステムが開発されたのだ。

「馬鹿にするな。VRで猫をなでたことはある」

「ちゃんと機器をそろえるとすごいらしいよ。ファンタジー世界に行って無双したり、ゾンビに襲われることだってリアルに体感できる」

「風俗とか？　仮想の恋人って悲しくないか？」

「そういう馬鹿がいるから規制があるらしいけどね。大人たちの合コンは今じゃ現実よりもバーチャルなんだから」

仮想で合コンをする意味はあるのだろうか。現実の出会いの前に仮想を挟むことで、恋愛成立へソフトランディングさせるということだろうか。

「私の親戚のお姉ちゃんはそれで結婚相手を探したみたい。アバターで仮想の街を動き回って出会いを探すの。相手の年収や学歴データは簡単に見られる。ちなみに高価なアバターを買うと相手のデータを多く見ることができたり、自分のデータを見られないようなアクセサリーがあったりってね」

高坂《こうさか》の背筋がぞくりとした。まるで数字とのお見合いだ。

「自分のデータに嘘《うそ》はつけないから、みんなアバターを着飾らせてるらしいよ。高校時代の成績を提出させられるところだってあるんだから」

「そのうち世界が逆転してアバターに支配されるぞ」

「一日の半分以上入り浸ってるユーザーもいるらしいしね」

バーチャルへの規制強化の意味がわかった。それを野放しにすれば、現実の体が必要なくなってしまう。

「はい、はい」

黒板の前で最上《もがみ》が手を叩《たた》いている。

「じゃあ演劇系で決まった感じかな？」

生徒たちの反論はなかった。三木原繭《みきはらまゆ》の意見はこのクラスで通りやすい。というより誰も彼女と対立したくない。美しい容姿の彼女のあだ名は『狂犬』だった。性格を知らない他のクラスの男子から多くの告白を受けたが、彼女が飼いならされることはなかった。

「詳細はあっちで決めよう。シンデレラや白雪姫、パニックホラーからラブストーリーまで台本はそろっているから。ということで『ペス前』に集合ね」

「どこから入るんだ？」

生徒の質問に最上《もがみ》は平然と答える。

「バスよ。学校のバスにはカスケードシステムが搭載されてるし、もう話は通してあるから」

最上《もがみ》は最初からこのバーチャル演劇になることを知っていたのだ。序盤に批判意見を出させ、終盤に三木原繭《みきはらまゆ》が意見を出すシナリオだったのだろう。

「バスについてたっけ？」と、高坂《こうさか》は七瀬《ななせ》に向く。

「この前の社会科見学ぐらいじゃ使わしてくれないからね。部活動の全国大会とか遠出になることがあるじゃない。そんなときに暇つぶしとして開放されるらしいけど」

確かにバーチャルソフトは移動時間の暇つぶしに最適だ。そんな娯楽として規制の隙間で進化していったのかもしれない。

「教師たちはカスケードを暇つぶし程度にしか思ってない」

三木原《みきはら》繭《まゆ》がくまを動かしながらこちらを見ている。

「でも違う。仮想世界は広大なもう一つの世界なの。重要なのは想像力。人間の想像力はすべてを動かす」

「くまさん素敵！」

「好きだよナナ。……そしてエンドロール」

高坂《こうさか》と繭《まゆ》は、女の子とくまをキスさせた。

「やめろー！」

水槽でカブトエビの幼生がうごめいている。

窓の外からこの教室を覗《のぞ》いたら、この水槽のように見えるのだろうか、と思った。

＊

バスは雨よけの帆布が張られた場所に置かれていた。

高坂《こうさか》が小走りに向かうと、すでにほとんどの生徒がバスの周囲に集まっていた。

相変わらずペスは騒がしい。この裏庭のフェンスの向こうは一般住宅だ。庭に放し飼いされた犬がフェンス越しに吠《ほ》えている。

「おそーい」

最上《もがみ》が首をすくめている。

「悪い、ちょっと手間取って」

「君たちを待ってたん……え？　なに、その恰好《かっこう》」

最上《もがみ》が唖然《あぜん》と指さしたのは高坂《こうさか》の隣だった。

「魔女だよ、魔女」

隣には真っ黒なフードを被《かぶ》った女子がいる。右手には杖《つえ》を持ち、左腕には編んだかごをひっかけている。

「高坂《こうさか》君に、強引に着させられたの」

柊木由希《ひいらぎゆき》がフードをめくる。髪にじゃらじゃらアクセサリーをつけている彼女はクラスメイトであり、高坂《こうさか》の所属するボードゲームサークルの部員だ。

「私の質問の意図は、なんでここに魔女がいるのかってことなんだけど」

「柊木《ひいらぎ》はさ、なんか自虐的で演劇だったら村人その3でいいって人間なんだ。村人その3だぜ？　せめて村人その1でいいじゃんと思うよな」

「ふーん」と、最上《もがみ》はなんだか呆《あき》れている。

「だからさ、いいキャスティングを得るために先に衣装から入ったんだ。シンデレラにしろ白雪姫にしろ魔女がいる。何もお姫様をやりたいんじゃない。こいつに名のある役を与えたい」

魔女の恰好《かっこう》をして来ればなし崩し的に配役が与えられるという発想だ。

「俺は柊木《ひいらぎ》のこの性格を変えてやりたい」

彼女が自分を出すのはゲームの中だけだ。ボードゲームやカードゲームでの交流だけ。そんな狭い世界だけなのだ。

「魔女っていうより赤ずきんちゃんって感じだな」

椎名《しいな》がにやにやと笑っている。

「うん、ありがとう。そうなったら頑張って狼《おおかみ》に食べられるね」

褒められたと勘違いした柊木《ひいらぎ》は、寄ってきた生徒たちにかごの駄菓子を配り始めた。

「やっと来たの？」

七瀬《ななせ》が歩み寄ってきた。皆が集まるまでペスと遊んでいたようだ。誰にでも吠《ほ》えかかる猛獣ペスは、七瀬《ななせ》だけになついている。

「あいつさ、カスケードを使うの初めてだからワクワクしてお菓子持ってきたんだぜ」

駄菓子を配る光景を見ながら七瀬《ななせ》に耳打ちする。

「いや、君も缶コーヒーなんて買ってきて浮かれてるじゃん。VRに懐疑的で批判していたくせにさあ」

「俺は期待してない映画を見るときも、缶コーヒーを持ち込むから」

「きっと飲む暇がないと思うよ」

「飲まないほうが望ましい。だって、それだけ映画の世界に没頭したってことだから」

「うーん、高坂《こうさか》君は根本的に勘違いしているねえ」

様子を見に来た最上《もがみ》が腕を組んでいる。

「基本的にレトロな男なのよ」

「この前ナナが部室に遊びに来たとき、そのレトロを楽しそうにしてたじゃんか」

「延々とゲームブックのページをめくるシュールな光景が？」

「大切なのは想像力だ。俺はバーチャルの力を借りなくても、ページをめくるたびにカビ臭い迷宮を歩き、恐怖に押しつぶされそうになりながら獰猛《どうもう》なモンスターと戦うことができる」

「なんか楽しそうだね」

最上《もがみ》が興味を持ったようだが、すぐに七瀬《ななせ》が首を振る。

「想像力の乏しいらしい私たち一般人には、ほんと苦痛な作業になるからやめときな」

七瀬《ななせ》は賭けが行われていないかとの調査の名目で、たまにボードゲームサークルに顔を出す。お菓子程度ならという確約を得たため、サークルでは駄菓子が貨幣の代わりとなった。

「今度遊びに来てよ。ゲストが来ないと人数が足りないから」

魔女の恰好《かっこう》をした柊木《ひいらぎ》が寄ってきた。

「ゲームの賞品は私が出すから」

「こいつ、お菓子で人を動かせると思ってるところがあるよな」

「由希《ゆき》ちゃんは強いの？」

最上《もがみ》には穏やかな柊木《ひいらぎ》のイメージしかないのだろう。

「強いっていうか、ずるいんだよな」

「まあまあ、高坂《こうさか》はゲームの天才って呼ばれてるじゃん。多少のずるさは見逃してあげなよ」

七瀬《ななせ》がにやっと笑う。

「俺はさあ、ボードゲームぐらいなら雑談しながら楽しくやりたいんだ。でも、こいつはゲームの勝敗に異様に執着を持つ。そしてジェンガのブロックに滑り止めをこっそり塗ってたり、ダイスに細工をしたりと汚いやり口ばっかりだ」

前回やったゲームでは、いきなりラジカセから大音響が流れた。その一瞬の隙をついて柊木《ひいらぎ》がカードを交換したのだ。タイマーで音楽が流れるように設定したのも彼女だった。なんでそんなことをするのかと問い詰めたことがあるが、その行動原理は一言に収束される。

「だって勝ちたいんだもん」

こうして柊木《ひいらぎ》は持て余すほどの駄菓子を持っている。いつも鞄《かばん》やポケットに駄菓子を入れて配っているため、お菓子売りの少女とか駄菓子屋とか幼女誘拐犯などと呼ばれている。

「お菓子をくれたからっていい役を……とはならないと思うよ」

最上《もがみ》たちと話しているとバスのエンジンがかかった。

バスの中から出てきたのは学校の事務員の中年男性だ。

「運転席は触らないようにね。まあ、動かないようにはなってるけど」

「わかりました、ありがとうございます」

最上《もがみ》が駆け寄り頭を下げている。VR装置は各座席に設置されているようだ。仮想世界へ移動するためにバスを使う、というのは少しシュールな光景に思えた。

「入り口で少し立ち止まってね。ボディ認識があるから」

最上《もがみ》の指示のもと生徒たちがバスに入っていく。議論ではやる気がない生徒がいたものの、不参加者は一人もいない。二十八人全員が参加した。

高坂《こうさか》は少しだけ思い出した。誰も口にしないあのトラブルのことだ。あれがあったから生徒たちは不満を口にしつつもまとまっている。このクラスという集団から今ははみ出たくない。表情に出さなくとも、クラスメイトは寄り添っている状態だ。

「どうしたの？　怖いのは最初だけだって」

何か勘違いしたらしい七瀬《ななせ》が高坂《こうさか》の背中を叩《たた》いた。バスに入ろうとする七瀬《ななせ》に、ペスがワンワンと吠《ほ》えている。

「ペスを手なずけたっていっても、結局餌でつったんだよな」

七瀬《ななせ》がペスに犬用のおやつを与えていたことを知っている。獰猛《どうもう》なペスを手なずけたのは結局餌なのだ。

「猛犬を懐《なつ》かせるには餌付けしかないからね」

「そういうのって不純だよなあ」

「ペスは自分に優しくしてくれる私を純真に好きになったの。不純だと思うのは君が汚れてるからだね。なんにしろペスが私の親友であることは事実」

七瀬《ななせ》は意に介さず、ペスに見送られてバスに入っていく。

高坂《こうさか》も七瀬《ななせ》に続いてバスに入る。入り口ステップで体の認識をさせて空いた座席を探す。座席に置かれたＶＲ装置は思ったよりもシンプルだった。仮想映像を流すゴーグルからコードが伸び、金属製の手袋、そして足に装着するバンドがある程度だ。これだったらわざわざバスの座席でやる必要はないのでは？　映画に出てくるようなカプセルユニットタイプだと思っていたのだが。

「シートに座って作動させてね。座席でやるのは事故防止を兼ねてるの。仮想世界での動きにつられて現実の体も動いて事故る可能性もあるから」

戸惑う高坂《こうさか》に最上《もがみ》がフォローに来た。

「事故？　なあ事故があるのか？」

ぞっとした。仮想のゾンビから逃げようと走り、現実で交通事故に遭う可能性もある。

「いやいや、事故が起こったことはないけど念のため。そこまでディープな仮想じゃないし、事故防止のためにいくつも安全装置がセッティングされてるから。それに仮想で歩いたからって現実の体が歩くわけじゃないよ」

最上《もがみ》が大丈夫だよというように笑ってくれる。そんな彼女を見て委員長は大変だなと思った。

「怯《おび》えてないでさっさと座りなよ」

七瀬《ななせ》は柊木《ひいらぎ》と並んで座っていた。他の生徒たちは思ったよりも楽しそうだ。

「高坂《こうさか》、痛いとかないからさ」

声をかけてきたのは片桐司《かたぎりつかさ》だ。隣には女子が座っており、二人はこのクラス公認のカップルだ。そんな二人をちらりと最上《もがみ》が見る。表情がどことなく寂しそうなのが少し気になった。

「ジャンルだけは決めておいたほうがいいんじゃない？」

「ジャンルなんてないの！」

中央の座席で三木原繭《みきはらまゆ》が演説している。

「演劇は自由なの。ジャンルを先に決めると演技が不自由になる。私たちの想像力をジャンル分けするなんてナンセンスよ」

「わー、うるせえのが始まってる」

高坂《こうさか》は呟《つぶや》いた。彼女は演劇部なのだ。だが現在の部員は一人。狂犬のあだ名のごとく、演劇部のメンバーに噛《か》みつき、ついに一人になってしまった。やることがないので、いつもボードゲームサークルに入り浸っている。

そんな彼女をモデルに高坂《こうさか》はボードゲームサークルのPVを作った。夕方のプールを歩く繭《まゆ》の映像はとても評判が良かった。彼女は外見だけは完璧なのだ。

「ナビゲーターがいるから大丈夫だよ。皆の反応を見て次々にコンテンツを紹介するシステムがあるんだよ」

具体的な話をして繭《まゆ》をフォローしているのは香川泰明《かがわやすあき》だ。成績は常に上位で勉強だけではなく幅広い知識を持っている男子だ。

最後尾のシートには男女が五人並んで座っていた。不良とまではいかないが、彼らはいつも五人でつるんでクラスの足並みを乱すことがある。

「座れ、座れ」

後ろから来た椎名《しいな》が高坂《こうさか》の体を押す。

「そんなに怖かったら俺が手を握っててやるからさ」

「いいよ、気持ち悪いな」

高坂《こうさか》が窓際《まどぎわ》の席に着くと、椎名《しいな》はその隣に座った。

「詳しい人から説明があったと思うけど、演劇制作ソフトがあるからそれに任せればいいだけだから。機器の装着方法はゴーグルを被《かぶ》ると表示されるよ」

最上《もがみ》が前方のシートに座りながら説明する。

「カスケードは初めてだよ。VRサッカーはたまにやるけど、全然動きがぎこちなくってさ」

椎名《しいな》はとても楽しそうだ。

「ハードは関係ないさ」

高坂《こうさか》はプルタブを開けコーヒーを一口飲んで息を吐く。

「映画もそうだったろ。昔に3D映画が導入されたがすぐに廃れた。重要なのは飛び出すよりもストーリーだから。たとえ2Dでも素晴らしい内容だったらその世界にダイブする。大切なのは想像力なのだから」

「おっと、こっちも面倒なのが始まったぜ」椎名《しいな》がゴーグルを装着する。「新しい何かに驚くのもいいじゃんか」

「そんな驚きは弱い。鮮度が落ちるのも早いのさ」

ゴーグルを装着したがサングラスのようでバスの中が見えるだけだ。だが、そのうちにチカチカと光が明滅し、バンドなどの装着方法のガイドが表示される。指示どおりに装着を終えると視界が暗転していった。

『カスケードは楽しくスリリングで幸福な世界なのです……』

ガイドの声が聞こえた。スリリングで幸福な世界？

「それらもすぐに飽きられる」

エンターテインメントは消耗品だ。作られては消えていく。そんな中で後世に残るものは数少ない。将棋や囲碁のようにそれ自体が完成されたゲーム。それか激しく人間の感情を揺さぶるもの。

「飽きないコンテンツとはなんなんだ？」

椎名《しいな》の声が遠くから聞こえた。意識が朦朧《もうろう》とする中で高坂《こうさか》は答える。

「――恐怖」

＊

――夜を恐れろ。

そんな囁《ささや》きが聞こえた。視界が真っ暗だった。自分がどこにいるかわからない。深い水底《みなそこ》に沈んだかのような感覚。息苦しくも、どこか自分自身を俯瞰《ふかん》して見ているような気もする。

自分は何をしていたのか。チュートリアルなどと体の動かし方を学んでいたような記憶がかすかにあった。そして高坂《こうさか》は目を開ける。

「……どこだ、ここは」

まず目に入ったのは緑の木々だった。そして自分が土の上に寝ていたことに気づく。

「森だと？」

鉛のように重い体を無理やり起こす。周囲は薄暗くよく見えない。自分はバスにいたのではなかったのか。

「ここはどこ？」

そんなクリアな声に我に返った。振り向くとそこにはセーラー服の女子が立っていた。怯《おび》えた表情で周囲を見回しているのは三木原繭《みきはらまゆ》。彼女を見て夜の深い森で迷っているのだとわかった。自分たちはいつのまにか森の中に投げ込まれた。

高坂《こうさか》を見つけて一瞬だけ彼女の表情が緩んだ。だが、すぐに恐怖の色が混ざる。彼女の視線は高坂《こうさか》の背後に向けられていた。自分の背後に何かがいる……。

呼吸を整え振り向き、高坂《こうさか》は腰を抜かしそうになった。

「わっ……て、お前かよ」

立っていたのはフードを被《かぶ》った魔女、ではなく柊木《ひいらぎ》だった。

「なんなんだよ、お前は。ほんとなんなんだよ」

柊木《ひいらぎ》はきょとんと突っ立っている。そんな彼女を見てやっと気づいた。ここは現実ではなくバーチャルだ。異様に重い体も思考もバーチャルの影響だ。

ざわざわと風に木々が揺れている。妖しく周囲を照らす月明かり、そして怯《おび》える生徒たちも。目が慣れてくると他の生徒たちの姿も確認できた。仮想現実がここまで進化しているとは……。

「衣装は用意してくれるんじゃなかったのか。これじゃあ柊木《ひいらぎ》が馬鹿みたいじゃないか」

なんだか柊木《ひいらぎ》だけ浮いている。夜の森のホラーにはセーラー服のほうが自然だった。

「高坂《こうさか》君が強引に着せたんでしょ」

むくれる柊木《ひいらぎ》を見て、周辺の空気が少しだけ緩んだ。バーチャルだと認識した生徒たちがぞろぞろと集まり始める。

「バーチャルってここまでリアルだっけ？　なんだか風も感じるよ」

黒いジャージ姿の七瀬《ななせ》が両腕を広げて森を歩いている。

「それは記憶に依存しているらしいよ。装置が作っているのではなくナナちゃんの記憶なの」

柊木《ひいらぎ》が説明する。ＶＲの経験はほぼないが知識はあるらしい。仮想世界はコンピューターのハードディスクではなく人間の脳内に広がっているもので、仮想とは脳のインナースペースの旅と称される、らしい。

「実際に人間に仮想を現実と認識させることは不可能なんだって。所詮作り物の世界だから」

「でもさ、どうやっても本物に見えるけど」

七瀬《ななせ》が自分のスカートを揺らしている。

「ハードは進化したけどリアルな仮想を作るのは無理だったの。それでどうしたかというと、ハードの進化をあきらめ、人間を退化させることを選んだ」

高坂《こうさか》と七瀬《ななせ》は顔を見合わせた。

「たとえば寝ているときって、夢を夢と気づかないでしょ。そんな意識がぼんやりしている状態で私たちは仮想世界にログインしてる」

だから現実のように見えるのかと、高坂《こうさか》は七瀬《ななせ》のスカートを指さした。

「なあ、俺はナナがどんな下着をつけてるのか知らないけど、再現されてるのかな」

目の前の七瀬《ななせ》は詳細に再現されているのか、それとも高坂《こうさか》の記憶の再現なのか。

「バーチャルであっても人間関係が虚像になるわけじゃないぞ」

七瀬《ななせ》に手を引っぱたかれ、高坂《こうさか》は後ずさった。

「ん、そんなに痛かった？　……ちょっと驚かせようとしないでよ」

高坂《こうさか》はじっと七瀬《ななせ》の背後を見つめた。暗闇の中に白い影が浮かび上がっている。

「ナナ、動くな」

ごくりと七瀬《ななせ》が唾を飲み込む音が聞こえた。そして彼女は振り返ってしまった。

「ひゃっ」

驚いた七瀬《ななせ》がバランスを崩し、転ぶ寸前で高坂《こうさか》に支えられた。

二人の目の前にいたのは真っ白なウサギだった。

『これは演劇ではありません』

ウサギがそう喋《しゃべ》った。ウサギに案内されて森に来た設定なのか。だとしたら喋《しゃべ》るウサギのいるこの場所はメルヘンの森だ。次に案内してくれるのはトランプの城か。

「やっぱりバーチャルだね。……あっ」

我に返った七瀬《ななせ》が高坂《こうさか》から離れた。バーチャルでも七瀬《ななせ》の感触があった。

「あなたがナビゲーター？」

クラス委員長の最上《もがみ》がウサギに駆け寄ってくる。

「演劇コンテンツを紹介してほしいの。この人数でやれる感じで」

『すでにあなたたちが行う演目は決まっています』

「けっこう強引なナビだな」

高坂《こうさか》たちは顔を見合わせる。

『それは死の演目。リアルな死を演じてもらいます』

高坂《こうさか》は目を細める。空を見ると雲から巨大な月が顔をのぞかせた。

「……はっ」

視線を戻した高坂《こうさか》は後ずさった。目の前にいるウサギは血に濡《ぬ》れていた。真っ白な体に鮮血が散っている。

『これはリアルです』

ウサギが言った。リアルなはずがないと思った。ここは絶対にバーチャルだ。

『ここでの死はリアルです』

隣に立つ七瀬《ななせ》の足が震えていた。

『まだ物語は始まっていません。獣から逃げきってから始まるのですから』

ログイン時にそんな声を聞いた気がした。

「なんかおかしくない?」

女子たちも首をかしげている。

「演劇ソフトじゃねえのかよ」

誰かが怒号を上げ周辺が混乱する。

再び月が雲に隠れる。周囲の森が闇に沈む……。同時に高坂《こうさか》は息をのんだ。

「騒ぐな、静かに!」

生徒たちの声がぴたりと止《や》む。そして見えたのは闇の中にいくつもある赤い光点だった。

——獣だ。獣の群れがこちらを窺《うかが》っている。

高坂《こうさか》はそれらを触発しないように最上《もがみ》に話しかける。

「委員長、演劇ソフトでパニックホラーを選んだのか?」

「違う」最上《もがみ》は首を振った。「こんなの知らない」

獣の唸《うな》り声《ごえ》が聞こえた。すでに獣はこちらに照準を定めている。どうしてこんな状況に放り込まれたのだ?

「も、もう帰ろうよ」

生徒たちに動揺が広がっている。

「ログアウトができない」

周囲の生徒たちから声が聞こえる。ログアウトとは現実に戻ることだ。

「ログアウトできないんなら、スイッチを切ればいいじゃないか」

「そのスイッチがログアウトだよ」七瀬《ななせ》が目の前の空間を触っている。「本当ならこの辺にパネルが出るはずなんだけど」

「なあ柊木《ひいらぎ》、外からスイッチは切れないのか」

「安全装置はあるみたいだよ。自分でログアウトするのが正しい手順みたいだけど」

「じゃあ現実の体を動かしてスイッチを切ればいい」

「そこから説明？」

七瀬《ななせ》が呆《あき》れている。仮想の動きと現実の体の動きは連動しないと言いたいのだろう。筋肉の微妙な動きを感知して仮想世界での動きを再現しているだけで、ここで歩いても現実では座ったままだ。そんなことを考えると、途端に息苦しくなった。ここは水底《みなそこ》だ。自分の意思では息継ぎもできない水の底……。

「安心して、バーチャルだから大丈夫。バーチャルで死ぬことはないから」

最上《もがみ》が歪《ゆが》んだ笑みを浮かべ、生徒たちを落ち着かせようとしている。

『いいえ死にます。この世界での死はリアルなのですから』

血まみれのウサギが跳ねた。

『獣と戦うことはできません。森は獣の領域《テリトリー》です。ですから逃げてください。森を全力で走り抜け、村へ』

「あれはなに？」

村とはなんだ？　急展開すぎて情報が消化不良のまま積みあがっていく気がする。

妙に通る声だった。体を震わせながら三木原《みきはら》繭《まゆ》が闇を指さしている。

木々の狭間《はざま》から揺らめく明かりが見えた。――火だ。

「あそこが、村かも」

そこにはリアルがあった。繭《まゆ》は獣の恐怖を全身で受け止めている。彼女はバーチャルに入った瞬間から演技を始めている。いや、それは日常でもだ。そんな彼女が生み出す空気がクラスに作用する。

「……逃げよう。まずはあそこに逃げる」

高坂《こうさか》は言った。どんなに不条理な状況でもルールに従うべきだ。いや、ただ怖かったのかもしれない。本格的なＶＲが初めてな高坂《こうさか》にとって、この恐怖は本物だ。

「ウサギに従えっていうのか？」

そんな言葉は男子たちだった。「どうせソフトだろ」と、平静を装《よそお》っている。

だが高坂《こうさか》は、たとえソフトの演出だとしても逃げるべきだと思った。ここで獣に襲われればバッドエンドではないか。

七瀬《ななせ》が「どうするの？」と高坂《こうさか》に聞く。

「俺は逃げる。たとえ仮想だとしても食い殺されるのはごめんだ」

「そうだ、まずは逃げようぜ。戦うにしても武器もバールらしきものもないだろ」

追従したのは椎名《しいな》だ。怯《おび》える女子たちを気遣っての言動かもしれない。それほど恐怖は伝染していた。

「いや、やりすぎじゃねえのか。演劇やるにしてもだまし討ちだろ」

「違うよ。これは演劇ソフトじゃないから」

クラスメイトの意見はばらばらだった。それでもストーリーは強引に進行する。

『逃げてください！』

ウサギがぴょんと跳ね、同時に闇からいくつもの影が飛び出した。

両眼をらんらんと光らせたそれは獣だ。月明かりにギラリと光る爪と牙、毛皮は銀色に見えた。――狼《おおかみ》だった。

走ろうとしたが全身が固まっている。体をどう動かしていいかもわからない。

「あっ」

逃げようとした柊木《ひいらぎ》が転んでいる。同時に高坂《こうさか》の金縛りがとけた。

反射的に柊木《ひいらぎ》に駆け寄った。そしてそのまま柊木《ひいらぎ》を米俵のように担《かつ》ぐ。女子たちの悲鳴が上がり、夜の森は一瞬にして混乱した。

『こっちです』

ウサギが飛び跳ね森に消えていく。振り返ると腰を抜かした女子を助け起こす椎名《しいな》の姿と、襲い掛かる寸前の銀狼《ぎんろう》の姿が……。

「先に逃げろ！」

椎名《しいな》が周囲に向かって叫ぶ。

「椎名《しいな》！」

椎名《しいな》に狼《おおかみ》が襲い掛かる。足に噛《か》みつかれ、さらにもう一匹が首筋に。鮮血が散り女子が悲鳴を上げる。そんな彼女にも狼《おおかみ》が飛びかかる。

「走れって、馬鹿！」

固まる高坂《こうさか》に七瀬《ななせ》が体当たりした。我に返った高坂《こうさか》は柊木《ひいらぎ》を担《かつ》いだまま走る。ほとんどの生徒たちは逃げだした。この状況で作動したのは、理性でなく体に刻み込まれたパニックという本能だった。

「こっちだ、こっちに！」

高坂《こうさか》は走った。背後から痛みの混じった絶叫が聞こえたが振り返らない。ただ恐怖から逃れるために走る。

木々を走り抜けると燃え盛る火が見えた。

背後から狼《おおかみ》の息遣いが聞こえた。その生臭い吐息が背中に張りついている。高坂《こうさか》は振り返らずに火に向かって走る。

フェンスが見えた。――村だ。

高坂《こうさか》は開いた門にダイブするように走りこんだ。

「わあああ！」

体に衝撃を感じて悲鳴を上げる。自分に覆《おお》い被《かぶ》さるように転んでいたのは最上《もがみ》だった。さらに混乱した生徒たちが門から走りこんでくる。

「狼《おおかみ》が！」

腰を抜かした七瀬《ななせ》が指さす。門に狼《おおかみ》の姿が見えた。

だが、狼《おおかみ》は飛びかかってこない。火だ、炎を警戒しているのだ。

狼《おおかみ》を挑発してはいけない。炎に照らされた狼《おおかみ》は巨大だ。あの牙で噛《か》まれれば骨まで砕かれる。

様子をうかがっていた狼《おおかみ》がこちらに走った。

その中で動いたのは片桐司《かたぎりつかさ》だ。彼は鉄の柵でできた門を閉め、狼《おおかみ》は寸前で弾《はじ》き返《かえ》された。悲鳴をのみ込みながら思う。逃げ遅れた生徒たちはどうなった……。

『このままではフェンスを乗り越えられます』

横からの声に腰を抜かす。すぐそばにあのウサギがいた。

『人間は夜の狼《おおかみ》に勝てません。しかし希望はあります。あなたたちがこの村に逃げ込んだのは、武器があることを知っているからです。狼《おおかみ》の心臓を貫く銀の武器がこの村にあるのだと。この夜はその武器を手に取り戦うしかありません』

このウサギは何を言っている？

「うわあ……」

七瀬《ななせ》がフェンスを指さす。狼《おおかみ》の群れがフェンスに体当たりをしている。このままでは食い殺されるバッドエンドだ。

「武器を探すしかないわ！」

悲鳴やうめき声のノイズの中でその声はよく通った。

「そして狼《おおかみ》を殺すしかない」

三木原《みきはら》繭《まゆ》だ。彼女はこの混乱の中でいち早く精神を立て直した。

「そうだ、武器だ」

高坂《こうさか》も立ち上がる。ためらっている暇はない。

『武器はこの広場にあるはずです』

繭《まゆ》の声に反応したウサギが跳ねる。武器はなんだ？　刀か、それとも槍《やり》か？　探す武器もわからない。

「とにかく武器らしきものを見つけて！」

繭《まゆ》でさえも焦《あせ》っていた。混乱する生徒たちはただ彼女の言葉に従い探す。

「くそっ、見つからない」

広場に目立ったものはほとんどない。石造りの椅子や木箱が転がっている程度だ。目の前にある丸太は武器か？　気ばかりが焦《あせ》りバーチャルの体がうまく動かない。

「早く、早く武器を！」

狼《おおかみ》の唸《うな》りが聞こえる中、七瀬《ななせ》や最上《もがみ》も必死で探している。

「銀の武器だとウサギは言った」

高坂《こうさか》は叫ぶ。武器を見つけるのが先か、狼《おおかみ》がフェンスを乗り越えるのが先か……。

「ない、こっちにはない！」

広場の向こう側で香川《かがわ》が腕でバツを作っている。本当に武器はあるのか。ウサギの言動が真実だと証明できるのか。ああ、狼《おおかみ》の体当たりでフェンスが軋《きし》む……。

「逃げたほうがいいよ」

戦意喪失した女子が棒立ちになっている。

「いや、武器を探すんだ！」

逃げる場所などどこにある？　広場の焚火《たきび》から離れれば闇だ。狼《おおかみ》を殺す銀の剣を探すしか生き延びる術《すべ》はない。

獣の臭いがした。唸《うな》り声《ごえ》に混じって狼《おおかみ》の生臭い吐息が流れてくる。

「高坂《こうさか》！」

七瀬《ななせ》の悲鳴だ。そして見た。狼《おおかみ》に食いつかれフェンスが破られた。へたり込む彼女に向かって狼《おおかみ》が突進する。

「早く立て！」

高坂《こうさか》は七瀬《ななせ》に駆け寄った。同時に彼女の顔が凍りつく。耳元で唸《うな》り声《ごえ》が聞こえた。死は高坂《こうさか》のすぐ背後に――

――銃声。

目の前で真っ赤な色が弾《はじ》けた。地面に打ちつけられるように吹っ飛んだのは狼《おおかみ》だ。体に穴を空けた狼《おおかみ》が倒れた。

「……委員長？」

最上《もがみ》がいた。彼女は肩で息をしながら拳銃を構えている。

銃口から硝煙が立ち昇っている。銀の武器は剣でなく銃だった。武器を手に取った彼女が狼《おおかみ》に銀の弾丸を撃ち込んだのだ。

「伏せて！」

最上《もがみ》が叫び引き金を引く。駆けてきた狼《おおかみ》が甲高い声を上げながら倒れていく。頭を撃ち抜かれた狼《おおかみ》が焚火《たきび》に飛び込み火の粉が散った。

「馬鹿、ぼうっとしてるな」

我に返った高坂《こうさか》は七瀬《ななせ》に体当たりするように伏せさせる。狼《おおかみ》の牙が喉元まで迫った七瀬《ななせ》は顔《がん》面蒼白《めんそうはく》だった。全身にべっとりと汗をかき呼吸を乱している。これは仮想だが偽物《にせもの》ではない。恐怖は完全に本物だ。

銃声が止《や》んだ。倒れた狼《おおかみ》は五匹ぐらいか。だが、まだ狼《おおかみ》はいた。銃声を警戒しているが逃げる様子はなく距離を取っている。攻撃か逃避かを迷っている。

「どうした、撃たないのか？」

高坂《こうさか》は七瀬《ななせ》を抱きかかえながら呟《つぶや》く。

最上《もがみ》は生き残った狼《おおかみ》に視線を向けながらスカートのポケットに手を入れた。ここで気づいた。彼女の持っている拳銃はリボルバータイプだ。シリンダーの弾丸を撃ちきってしまった。バーチャルでもそこはリアルだ。

最上《もがみ》と狼《おおかみ》が距離を置いたまま睨《にら》みあう。右手で拳銃を構えながら、左手で弾丸を握っている。

「装弾のしかたは？」

高坂《こうさか》の小声の呼びかけに、彼女は小さく首を振った。

「たぶん、シリンダーをスイングアウトする。左側にボタンみたいなのがあるだろ。そうしたら空薬きょうを捨ててから弾を補充するんだ」

部室にリボルバーのモデルガンがあったことを思い出す。高坂《こうさか》は動かない狼《おおかみ》を挑発しないように小声で指示をする。

緊迫した空気の中、先に動いたのは最上《もがみ》だった。意を決してシリンダーをスイングアウトする。空薬きょうを捨て銀色の弾丸を補充。だが、指が震えてうまくいかない。

最上《もがみ》の動きが引き金となって狼《おおかみ》が動いた。咆哮《ほうこう》を上げながら最上《もがみ》に突進する。

七瀬《ななせ》の悲鳴と銃声が重なった。

血飛沫《ちしぶき》をあげて狼《おおかみ》が墓の上に倒れた。最上《もがみ》が肩で息をしながら銃を構えている。あの状況で冷静に装弾をこなしたのだ。

さらに銃声。最上《もがみ》は倒れた狼《おおかみ》に残りの銃弾を撃ち込んだ。銃弾を撃ち込まれながらも唸《うな》っていた狼《おおかみ》が、ついに動きを止めた。

「静かに」

伏せていた三木原繭《みきはらまゆ》が周囲を確認している。焚火《たきび》が狼《おおかみ》の死体を照らしている。フェンスに向いたが気配はない。他に獣の姿はない……。

「……はっ」

最上《もがみ》がいきなり振り向き銃口を向ける。そこには白い獣が――。

『もう狼《おおかみ》はいません』

そこにいたのはウサギだった。

『武器を手に入れたようですね。その武器は選ばれた人間にしか使えないものです。武器自体が主人を選ぶのです。ですからあなた以外には使えません』

高坂《こうさか》は慎重に立ち上がり周囲を見回す。最上《もがみ》のすぐ近くにはしゃがみ込む柊木《ひいらぎ》の姿もある。

「バーチャルとはいえ、よく当たったな」

「一応、弓道部だからね」

最上《もがみ》がぎこちなくも笑顔を作ってみせた。

「怪我《けが》をした人は？」

腰が抜けたらしい女子に繭《まゆ》が声をかけている。村に逃げ込んだ生徒たちに被害はない。銀の弾丸で狼《おおかみ》を撃退した。

皆が茫然《ぼうぜん》と立ち尽くす中、ウサギの声が聞こえた。

『あなたたちは狼《おおかみ》の追撃を振り切り逃げることができました。でも、次の夜は来ます。村に紛れ込んだ狼《おおかみ》の襲撃を避けるには、建物に立てこもり鍵をかける必要があります』

ウサギがぴょんと跳ねた。

『以上でプロローグの終了です』

*

高坂《こうさか》は目を開けた。

シートに座っていることに気づく。ゴーグルを外すと目の前の座席の背もたれが見える。プルタブを開けたコーヒーが置かれたままだ。

高坂《こうさか》はコーヒーを一口飲んでからぎゅっと目を閉じる。顔が熱くなった。

あれがバーチャルなのか。映像もリアルだが恐怖も本物だった。そして自分は思惑どおりに怯《おび》えてしまった。

「何が逃げろだ……」

一瞬だけ見たクラスメイトが狼《おおかみ》に食い殺されるシーン。それは苦痛に満ちたもので、現実に戻っても目に焼きついている。

横のシートが空いていた。確か椎名《しいな》が座っていたはずだった。先にログアウトしたのだろうかと考え溜息《ためいき》を吐《つ》く。バーチャルとはいえ椎名《しいな》を見捨ててしまった。椎名《しいな》は腰の抜けた女子をかばって狼《おおかみ》に食いつかれた。たとえバーチャルでも正義感にあふれた選択をしたともいえる。

あの映像が残るのだろうか……。

映像の狼《おおかみ》に怯《おび》え、級友を見捨てて逃げ出した事実。おそらく高坂《こうさか》の慌てふためくシーンだけ切り取られ、スマホでクラスどころか全校生徒にたらいまわしにされるだろう。そうなれば今後の高校生活において高坂《こうさか》の地位は明らかに下がる。バーチャルで怯《おび》えた人間のレッテルは消えることがない……。

「ん？」

窓の外を見た高坂《こうさか》は首をかしげた。なんだか薄暗かった。

うめき声が聞こえ前の座席を覗《のぞ》き込《こ》むと、ちょうど七瀬《ななせ》がゴーグルを取るところだった。

彼女は仮想の映像を振り払おうとするかのように首を振っている。そして後ろから覗《のぞ》いている高坂《こうさか》に気づくと、目に見えて動揺した。

それを見て高坂《こうさか》は安堵《あんど》した。そうだ、失態をさらしたのは自分だけではない。この女も仮想の狼《おおかみ》に怯《おび》え、転んでパンツをさらしていた。

「大丈夫か、風紀委員長」

「関係ないでしょ。狼《おおかみ》に風紀を守らせろとでも？」

他の生徒たちも続々とログアウトしてきたが、車内は重々しい空気だった。よそよそしいというか、とてもぎこちない。本来ならだまし討ちのようにパニックホラーをやらされたことに対して抗議があってもいいはずだが、誰からも声が出ない。

「いやあ、やられたな」

高坂《こうさか》は心底ほっとした。誰もが自分の失態を恥じている。と、同時に思う。少しこれはやりすぎではないか？　リアルなシーンが撮れたとしても、このような強引なやり方は批判が集まるだろう。計画したのはクラス委員長の最上《もがみ》だろうか。いや、彼女はそんなことはやるまい。だとしたら学園祭実行委員の前園《まえぞの》か？

「ここは……どこ？」

窓を見た柊木《ひいらぎ》がきょとんとしている。

「もう終わったぞ。それにしても、ここはどこ？　ってひねりがないセリフだな。……ん？」

高坂《こうさか》は眉根を寄せる。薄暗いと思っていたが場所が違う。まず見えたのはコンクリートの壁だ。いつのまにか移動している。ペスはどこだ？

「駐車場か？」

バーチャルに時間がかかりすぎて移動させたのだろうか。運転席を見たが運転手はいない。

「スマホがないんだけど」

七瀬《ななせ》が荷物入れを探している。高坂《こうさか》も尻ポケットを探るがスマホも財布もない。

ここでぞっとした。やられたのでは？　無防備にバーチャルに没頭している隙を狙われた。

他の生徒も同じらしく、車内が騒がしくなった。まだ盗《と》られたとは限らないとシートの隙間などを探したが、高坂《こうさか》の私物で残されていたのは缶コーヒーぐらいだった。仕方なく缶を手にシートから離れ通路を歩く。

「お菓子は残ってた」

かごをぶら下げた柊木《ひいらぎ》がついてくる。騒がしくなった車内を歩いて、高坂《こうさか》と柊木《ひいらぎ》は出入り口に向かった。やはり運転席には誰もいない。扉は開いていたのでステップを降りる。

「……ん？」

高坂《こうさか》はぬるくなったコーヒーを飲んだ。気持ちを落ち着けてもう一度周囲を確認するが、そこはまったく見たことがない場所だった。

「ここはどこだ？」

自分の言葉ながら陳腐なセリフだった。まだバーチャル演劇が続いているのだろうか……。がらんとした空間だった。コンクリートに囲まれたスペースにバスが一台停《と》まっている。広さはバスケットコート程度だろうか。蛍光灯の明かりで冷たく照らされた空間には窓が一つもない。

「スーパーの駐車場かな？」

「ホームセンターかもな。ゾンビから逃げてホームセンターに立てこもった」

「ゾンビだったっけ？」

柊木《ひいらぎ》はかごから取り出した菓子をぼりぼりと食べている。

「ここはどこ？」

こんな状況では同じ言葉が出るらしい、バスから降りた最上《もがみ》が驚いている。さらに続々と生徒が降りてくるが、皆同じ反応だった。

「……なあ、少しやりすぎじゃないか」

その声は香川泰明《かがわやすあき》だった。彼は苦笑いしている。

「バーチャルと現実の二段構えはいいけど、さすがに冗談じゃやすまないだろ」

その冷静な言葉に高坂《こうさか》も少しだけ安堵《あんど》した。

「映画制作には賛成したけど、俺はキャストになるとは言ってない。どこにカメラがあるのか知らないけど、ドッキリにこれ以上協力はしない」

視線を向けられた最上《もがみ》は激しく頭《かぶり》を振った。次に香川《かがわ》は前園《まえぞの》に向いた。

「いや、俺も違うって。本当だ」

前園《まえぞの》の動揺ぶりは演技とは思えない。薄暗い空間が静まる。

「足りなくない？」

沈黙を破ったのは七瀬《ななせ》だった。

「バスから全員降りたよね」

七瀬《ななせ》が生徒を数えるように指を動かしている。確かに人数が足りない。高坂《こうさか》の隣に座っていたはずの椎名《しいな》の姿もなかった。

「そいつらか」香川《かがわ》が察したように溜息《ためいき》を吐《つ》いた。「足りないのは何人だ？」

高坂《こうさか》は椎名《しいな》がこんないたずらを仕掛けるとは思えなかった。香川《かがわ》の言うようにあまりにやりすぎだ。そんなスタンドプレーをするクラスメイトがいるだろうか。

「六人いない。椎名《しいな》君と……」

七瀬《ななせ》がいない六人の名前を告げる。その横では生徒たちが怒っている。犯人はその六人だと決めつけたようだが、彼らがこんな大それたことをするだろうかという疑問は晴れない。

高坂《こうさか》の頭にバーチャルのシーンがフラッシュバックした。狼《おおかみ》に食いつかれた椎名《しいな》や女子たちの姿……。

高坂《こうさか》ははっと生き残った生徒たちに視線をやる。

「ん、なによ？」

目の前で怪訝《けげん》な表情をしている七瀬《ななせ》は村まで逃げた。高坂《こうさか》が担《かつ》いだ柊木《ひいらぎ》もそうだ。他にもここにいる二十二人の生徒たちはバーチャルの狼《おおかみ》に怯《おび》え逃げ惑うという醜態をさらしたのだ。

「狼《おおかみ》に襲われたのでは？」

高坂《こうさか》の言葉に周囲がぽかんとしている。

「ここにいない人間は――逃げなかった連中だ」

狼《おおかみ》に襲われた人間が消えている。つまり逃げられなかった。

「逃げるってなによ。私たちはどこに逃げてきたっていうの？」

七瀬《ななせ》が埃《ほこり》っぽい空間を見回す。確かにここはどこだ……。

「……とりあえずここから出てみない？」

クラス委員長の最上《もがみ》が言った。高坂《こうさか》は大きく息を吐いてからもう一度周囲を見る。壁際《かべぎわ》に置かれたいくつかの段ボール、そして扉が確認できた。扉を見て嫌な予感がしたが、それは口に出さない。

皆は身を寄せ合うように扉の一つに進む。重々しい鉄製の扉があったがドアノブがない。故意に外されている。男子生徒が押してみたが一センチたりとも動かない。

他の扉も同様だった。恐らく外側からしか開かないようになっている。

「開いた！」

いきなりそんな声が聞こえ、生徒たちが振り向く。他より小さな扉があり、男子生徒がそこを開けていた。すぐに中を覗《のぞ》き込《こ》んだ彼は落胆した。

「トイレだった」

開かない扉と格闘する生徒たちをよそに、高坂《こうさか》は歩く。一段せり上がったスペースがあった。

「……ん？」

そのスペースに立った高坂《こうさか》は眉根を寄せる。足元に何かが描いてある。×を繋《つな》ぎ合《あ》わせたようなラインが円を描くように記されている。その中にさらにいくつかのマーク。

目を惹《ひ》いたのは中心部の炎のマークだ。

何故《なぜ》か高坂《こうさか》は既視感を覚えた。どこかで炎を見たことがある……。

「なんだこれは」

高坂《こうさか》は床の炎のマークに手を添える。

＊

「扉は開かなかった」

マント姿の柊《ひいらぎ》木が近寄ってきた。

「トイレを調べたけど窓はなかった。ペーパーは予備を含めてあったけど」

「どこかにカメラがあるかもな」

高坂《こうさか》は天井に注意深く視線をやる。だが、不審なものはない。

「ねえ、こんなときにトイレのペーパーの心配をする必要がある？」

七瀬《ななせ》が走り寄ってくる。先ほどから彼女は取り乱す女子のフォローをしたりと忙しい。

「まず調べる。それは、どんなゲームであっても基本だから」平然と柊木《ひいらぎ》が答えた。

「ゲームってこれがゲームなの？」

「俺は、脱出ゲームと踏んでいる。映像は脱出ゲームのリプレイだろう」

リアルなゲーム映像を学園祭に使うつもりなのだ。だとしたらわざわざ怯《おび》える絵を与える必要はない。迅速かつ冷静にクリアし主催者の鼻を明かしてやる。

「もしかしたら誘拐されたのかもよ」

「それにしてはセッティングがいかにもだろ」

やり方がとても回りくどい。誘拐したのならば監禁すればいいだけだ。ここで自由にさせる意味はないだろう。

――次は失敗しない。

高坂《こうさか》はバーチャルでの失態を後悔していた。次はどんな恐怖があろうとも、弱みを見せてはいけない。ゲーム攻略は自分がやるべきことだ。

「ねえ、みんなで集まろう」

クラス委員長の最上《もがみ》が呼びかける。すでにほとんどの生徒たちは寄り添うように一か所に集まっている。調査をしているのは高坂《こうさか》など少数だ。

皆が集まってから最上《もがみ》が口を開く。

「ここがどこだかわからない。私たちはこんな場所に来る予定なんてなかった。誰か何か知っている人はいる？」

返答はない。沈黙が続き、立ち上がったのは七瀬《ななせ》だった。

「何か知っている人はいるはずでしょ。バスでバーチャルゲームをやっているうちにここに連れてこられた。運転手の協力も必要だし大がかりだよね。前々から練られた企画かもしれない。でも、これってルール違反」

彼女の表情と言葉には怒気が含まれていた。

「多少のサプライズだったら協力する。でも、これはほとんど拉致監禁じゃん。そして財布やスマホを隠すなんて」

確かにそうだ。スマホにはプライベート情報が詰め込まれている。たとえ中身を見られなくとも、現在の自分たちは他人に弱みを渡しているようなものだ。

「確かに違うぞ」

七瀬《ななせ》に追従し男子が声を上げる。向けられた先は学園祭実行委員の前園《まえぞの》だった。

「いや、本当に俺は関わってないって。誓ってもいい」

視線を集めた前園《まえぞの》は必死で否定する。

「スマホはねえだろ」「本当に何も知らないのか?」などと声が上がって場が混乱する。拉致の可能性よりもスマホを手離した恐怖のほうが大きいらしい。

「何も知らない、でいいのね?」

声に場が静まった。七瀬《ななせ》の表情は冷たかった。この表情はまずい。

「ルールに反していると私は警告した。そしてこれ以上このイベントを続行するのなら、私はこれを悪意ある事件だと受け取る。もしもこの中に企画した人間がいるのならば、今後の学校生活において友達という関係を続ける気はない」

七瀬《ななせ》の攻撃的な一面が出ている。彼女が風紀委員長まで上り詰めたのは、ルール違反をした人間を攻撃し続けたからだ。不条理なまでに厳しい締めつけのある学校だった。教師たちはセクハラ、パワハラまがいの圧力を女子生徒にかけた。

友人たちを守るにはキレてみせるしかなかったのだろう。七瀬《ななせ》は風紀委員という正義を手に入れると、パワハラ教師たちを攻撃した。さらに風紀委員のメンバーすらも攻撃し、ぽっかりと空いた委員長の椅子に自ら座るしかなくなっていた。

今では陰で爆発物と呼ばれるまでになっている。

「ナナが怒るのもわかるよね。でも今なら許してくれるから、ね」

最上《もがみ》が皆を見回したが、誰も口を開かない。

「この中に裏切り者はいない？」

低い声で威嚇する七瀬《ななせ》を、最上《もがみ》が押しとどめる。

「まあまあ。じゃあ誰もこの状況がわからないってこと？」

皆の視線が三木原繭《みきはらまゆ》に集まった。誰もが一番怪しいのはこの女だと感じている。

そんな彼女は数秒ほど間をおいてから立ち上がった。

「まず、私は裏切り者ではありません」

彼女は視線を集めつつも微塵《みじん》も臆した様子はない。

「確かに私はみんなにいろいろなドッキリを仕掛けたことがあるけど、これにはタッチしていない。ここがどこだかわからないし来たこともないもの」

「ここがどこなのか推測もできない？」

最上《もがみ》の問いに繭《まゆ》は少しだけ首をかしげる。

「……たとえば地下劇場とか。それ以上はわからない」

繭《まゆ》が座った。これでは話が前に進まない。七瀬《ななせ》が犯人捜しに話を持っていったのもマイナスに作用している。それでも高坂《こうさか》は納得した。確かにこの空間は地下劇場のような雰囲気だ。一段せり上がったスペースが舞台だ。

「ねえ片桐《かたぎり》君、どうしよう」

狂犬と爆発物を抱えたクラス委員長はいつも疲弊していた。そして救いを求めるのは決まって片桐司《かたぎりつかさ》だった。片桐《かたぎり》は前に出るタイプではないが、人当たりもよく多くの生徒たちの信頼を集めている。

「えっと……」

片桐《かたぎり》は寄り添う恋人にうなずいてから立ち上がった。

「まずは犯人捜しは置いておこうか。こんな状況だからこそ」

片桐《かたぎり》に微笑《ほほえ》みかけられ、七瀬《ななせ》はばつが悪そうに視線を逸《そ》らした。

「ここを少し調べたけど、もっと調べる必要があるんじゃないかな。それは調べる気力のある人でやるべきで、つらい人はバスの中でしばらく休もう」

片桐《かたぎり》らしい意見だ。他人を思いやりつつ理性的な行動を求めている。

「どうかな、高坂《こうさか》」

片桐《かたぎり》が同意を求めてきた。人望のある片桐《かたぎり》に対し、高坂《こうさか》はクラスで浮いているタイプだが、関係は良かった。椎名《しいな》を含めて三人でつるんでいることが多く、片桐《かたぎり》はいつも二人に意見を聞いてくる。

「俺も調べる、に賛成する。これが事故にしろ悪意があるにしろ、まずは知ることから始めたい。もしも悪意でセッティングされたゲームだとしたら、犯人捜しをするよりもゴールを見つけるほうが簡単だ」

生徒たちの視線を感じ、高坂《こうさか》はもう一言つけ加えた。

「そして俺も裏切り者じゃない」

その後、動ける人間だけで調査が開始された。といっても扉は開かないため、トイレ以外のワンフロアの捜索。そして様々なものが見つかった。

壁に置かれた段ボールからはペットボトルの水とブロッククッキーが出てきた。ペットボトルは百本、ブロッククッキーも百箱。どちらも有名なメーカーのものだ。

シンプルなパイプ椅子が二十脚。さらに用途のわからない小型バッテリーのようなものが二十個。

「餓死させるつもりはないようだね」

調査に参加した片桐《かたぎり》が言う。

「拉致って可能性も出てきたけどな」

「高坂《こうさか》君はネガティブなことを言いますよね」

言ったのは片桐《かたぎり》の彼女の愛沢佳那《あいざわかな》だ。彼女はバスで休まずに、片桐《かたぎり》の後ろについている。彼女だけでなくほとんどの生徒が協力して調べているが、数人の男子はバスに戻っていた。くだらないイベントには参加をしないという意思表示だ。

そのどちらでもない生徒もいる。バスに戻らずとも中央付近で固まっている生徒たちは、決断を放棄することで自分を保っている。

「少なくとも、ペットボトル一人三本分以上の時間は拘束しないってことだよ」

それがこのゲームに与えられた時間だ。高坂《こうさか》はこれはチャンスだと思っていた。レトロゲームはもちろん、イベント系ゲームも多くの経験がある。

たとえやりすぎだろうとも倫理に反していようとも、これはゲームだ。恐怖に怯《おび》えるクラスメイトを導くのは正義であり、ゲームに勝利し扉を開けるのも正しい行為だ。

「高坂《こうさか》君ってサークルでゲームの天才って呼ばれてるんですよね」

愛沢《あいざわ》の純真なセリフに高坂《こうさか》は苦笑いした。

「まあね。……俺はあっちを見てくる」

片桐《かたぎり》に断りあのスペースに向かった。ここが地下劇場だとしたらそこは舞台だ。やはりゲームのヒントはあの場所にある。

高坂《こうさか》は舞台に立った。舞台には様々なマークが描かれている。火のマーク、墓地を表現したマーク。建物の屋根が連なる広めのマークがあり、その片隅には大きな十字架マークがある。

そしてそれらを囲むのが×を連ねたラインだ。

「こういうマークは見たことがある」

繭《まゆ》が舞台を見下ろしている。

「大道具も小道具も買えないとき、床にマークだけを描くの」

「こんなマークを使って何をする?」

「それはまだバーチャル世界がない時代の話。気力と時間が余っていてもお金がない。そんな人間たちが作った舞台装置なの。大道具も小道具も用意できない、そんなデメリットを埋めるのが……」

「想像力」

足元のマークはあ、い、あるものとして扱わねばならない。

「よくわかったね」

「レトロゲームはみんなそうだから」

ゲームにも貧者のゲームは存在する。カードゲームのようにシンプルなものから、複雑なルールのイベント型までプレイヤーの想像力に頼るものは多い。

繭《まゆ》は舞台を歩き、中央の火のマークの前で立ち止まる。

セーラー服姿の彼女は何もない空間を見ていた。目を細め眉根を寄せる。吐息が乱れ頬に汗が垂れ落ちた。彼女は何をしている？　何が見えている？

……火だ。繭《まゆ》はこの空間にあるはずのない炎を見ていた。

高坂《こうさか》は目を擦《こす》る。自分にも激しく燃える火が見えたような気がした。そんな火の中に繭《まゆ》が歩いていく。

思わず高坂《こうさか》は彼女の腕をつかんだ。

「これが貧者の演劇。道具を用意する必要もない」

繭《まゆ》がくすっと笑った。火に飛び込む彼女を止めてしまった。

「私たちに残された選択は多くない。不幸な結末を待つか、戦うか。心が折れていないのならば、魔法使いが力を貸してくれるでしょう」

視線の先にはマント姿の女子がいた。

「その恰好《かっこう》、悪ふざけが過ぎるぞ」

「高坂《こうさか》君がやらせたんでしょ」

柊木《ひいらぎ》が舞台に上がっていた。

「何か見つけたか？」

「開かない扉をいくつか」

柊木《ひいらぎ》が示したのは舞台袖の扉だ。扉には墓地のマークが描かれている。墓地のマークは舞台の床にもある。

「あそこは大道具を入れる場所かもね」と、繭《まゆ》が指をさす。

「そして時計を見つけた」

壁には丸い時計らしきものがあった。だが、よく見ると針は一つだけだ。

「サウナの時計みたいだな」

数字はなく、右側には太陽のマーク、左側は黒く塗られ月のマークが描かれている。昼と夜を表現しているのだろうか。現在の針は上を向いたまま止まっている。

「時計がないんだよね」

繭《まゆ》が左手首を見せる。スマホもそうだが、生徒たちの腕時計も没収されていた。時刻がわからないというのは思った以上につらい。

「……行き詰まったな」

舞台のヒントだけではキーが足りない。他に何かあっただろうか……。

――夜を恐れろ。

そんな声が聞こえた。こうしてのんびりと考えている時間はないのでは？　これがゲームでも演劇でも無限の時間を与えられるわけがない。

「これを利用するのかも」

柊木《ひいらぎ》がかごから取り出したのは角ばった物体だった。受け取ってみると重量がある。

「やっぱりバッテリーだよな」

ソケットの挿入口がある。しかしスマホも没収されたというのに、このバッテリーをどう使えばいいというのか。そもそも電子機器のようなものなど、この空間に……。

高坂《こうさか》と柊木《ひいらぎ》は同時にバスに向いた。

高坂《こうさか》はバスへと走り中に入ると、後方に座っていた男子生徒三人がこちらを見た。

「よお、どうなってる？」

後部座席の一列を使い横になっている男子が言った。秋山翔《あきやましょう》という生徒でどちらかというと集団行動をかき乱すタイプだ。

「まったく状況がわかってない」

そう答えて空いたシートに目をやる。さんざん私物を探したが見つからなかった。ということは、残るはこれか……。

高坂《こうさか》はシートのVR装置を手に取った。今は電源が入っておらず使えないが、このバッテリーを使えばどうだろうか。そもそもこれは携帯できるようになっている。繋《つな》がっていたコードを抜いて装置を取り外すと、やはりバッテリーのソケットと型が合う。

「やっぱり、これ？」

バスに入ってきたのは最上《もがみ》たちだった。彼女らも高坂《こうさか》と同じ結論に行きついたらしい。

シートから外したVR装置はとてもシンプルだ。これであのリアルな世界を作っているというのか。バスから降りると、床に座り込んで装置を作動させている生徒がいた。

「駄目だ」

だが、その生徒はゴーグルを外して首を振る。映像が見えないらしい。他に試した生徒も同様だった。VR装置はミスリードか。……いや、そんなわけがない。高坂《こうさか》が確認すると、バッテリーを装着したVR装置自体は作動している。

「明らかにバス以外で使えと示唆されている。どこで使うかと考えるならば、俺は思い当たったことがある」

高坂《こうさか》はパイプ椅子を手に取ると舞台へと進んだ。あの貧者の演劇の舞台。想像力で補うにはやはりチープすぎる。だとしたらこれがキーだ。

舞台に椅子を置くと、柊木《ひいらぎ》が高坂《こうさか》に機器の装着を始める。

「オッケー、やってみる」

ゴーグルを被《かぶ》ると視界が明滅し、体の感覚が薄れていく。その後、仮想の体の感覚が上書きされる……。

「……ああ」

目の前が炎上していた。真っ赤な炎が立ち昇っている。

ここはあの村だ。閑散とした広場の中心に火があり、周囲には建物の輪郭が見える。さらに鉄条網つきのフェンス。狼《おおかみ》から逃れた村だ。

「わあ……」

啞然《あぜん》とする七瀬《ななせ》が横に立っていた。彼女もログインしてきたようだ。七瀬《ななせ》が炎に近づこうとすると声がした。

『危険ですよ。この炎はすべてを焼きます。狼《おおかみ》であっても村人であっても』

「わっと……またウサちゃん」

七瀬《ななせ》が後ずさる。目の前には血に濡《ぬ》れたあのウサギがいた。

『あなたたちは狼《おおかみ》の襲撃を振り切り夜をやり過ごしました』

　やはりストーリーは続いている。すべては繫《つな》がっているのだ。

『朝に森に戻ると仲間たちの死体がありました。あなたたちは狼《おおかみ》に食い散らかされたその死体を村の墓地に運びました』

　ウサギが広場の外れを見た。重々しい鉄柵の扉の向こうに墓地らしきものがある。

『仲間の死を悲しんでいる暇はありません。今日も夜が来るのですから。人間の味を覚えた狼《おおかみ》は村を襲撃することでしょう。狼《おおかみ》の鋭い牙と爪にか弱い人間が立ち向かうことはできません。狼《おおかみ》の襲撃を受ければ、あなたたちは必ず死にます』

　いつの間にか他の生徒もログインしていた。じっとウサギの言葉を聞いている。

『ですから部屋に鍵をかけて立てこもるのです。それしか狼《おおかみ》をやり過ごす方法はありません。建物の外や村の外で夜を迎えれば――必ず死にます』

　背筋がぞっとした。ウサギはずっと死というワードを口にしている。

『それでは墓地に案内します』

　ウサギが広場を移動する。高坂《こうさか》たちは自然にそのあとをついていった。

『鍵を外してください』

　ウサギが立ち止まる。目の前の鉄柵の扉には閂《かんぬき》がかかっていた。高坂《こうさか》が閂《かんぬき》を引き抜くと鉄の扉が少しだけ開いた。

『それでは私は森に戻ります。明日の朝に会いましょう。……生きていれば』

ウサギがピョンピョン跳ねて広場から消えていった。

生徒たちがウサギを見送り立ち尽くしている。不気味な演出だった。過剰な演出がないのが逆に不安をかき立てる。

「墓地?」

七瀬《ななせ》が墓地に足を踏み入れる。

「いや、まだ見ないほうがいい」

先に墓地に足を踏み入れた高坂《こうさか》は、六つの墓を確認していた。この村は土葬なのか土が盛り上がっており、その上に十字架が刺さっている。

六つという数には覚えがあった。お遊びにしては悪趣味なセッティングだ。

「やり方はわかったから話し合うべきだ」

高坂《こうさか》はついてきていた最上《もがみ》に声をかける。

「ログアウトはできる?」

「うん、ちゃんとコマンドが表示される」

最上《もがみ》が空間を指している。

「よし、とりあえず戻ろう」

高坂《こうさか》たちはログアウトをする。話し合いは現実でやるべきだ。

……椅子に座っている感覚が戻る。仮想の村を歩いたが、現実の高坂《こうさか》はずっと座っていたのだ。ゴーグルを外すとこちらを覗《のぞ》く柊木《ひいらぎ》の顔があった。

「どうだった？」

「見えた。ウサギに会ってきたよ」

柊木《ひいらぎ》はログインしなかったらしい。この女はゲームでは危険なことを他人にやらせる悪癖がある。

「そして墓地エリアを開放した」

「だからかな。こっちでカチンって音がしたの」

柊木《ひいらぎ》が舞台袖に視線をやった。そこには墓地のマークが描かれた扉がある。

「何かわかった？」

三木《みき》原繭《はらまゆ》が舞台の高坂《こうさか》に駆け寄ってきた。

「こ、ここは村だ」

高坂《こうさか》は燃え上がる炎のマークを指さした。

舞台のマークは村のイメージなのだ。中央の大きな炎のマークは焚火《たきび》だ。×を連ねたラインはぐるりと村を囲むフェンス。墓地も村に存在した。

「俺たちは連れてこられたんじゃない。自らの意思で逃げてきたんだ。そして逃げ込んだ場所は駐車場でも地下劇場でもなく、村だった」

ゲーム攻略のヒントはバーチャルの村にある。村に入るには舞台の村の中で装置を作動させる必要がある。そして仮想と現実の村は連動している。それらのヒントをもとに脱出を目指す、というのがこのゲームの概要だ。

高坂《こうさか》は舞台の墓地マークを見た。そばの扉にも同じ墓地マークがある。墓地のマークが村の中と扉にあるのは、物理的な理由だろう。大きなものを舞台に置けないためそうしたのだ。つまりあの扉の中に何かが入っている。おそらくこのゲームを続行させるキーがあるはずだ。

「あの扉を開けるキーはバーチャルの村の中にあった」

高坂《こうさか》は墓地のマークの扉に近づき、繭《まゆ》を振り返った。

「もしもこの演劇《ゲーム》を続けたいなら、俺が手伝うよ」

このゲームの導入はあまりに強引だ。生徒たちはちっぽけな好奇心よりも怒りや不信のほうが大きい。話し合いが設定されれば、必ずこのゲームは破棄されるだろう。

それを覆《くつがえ》せる可能性があるとしたら三木原繭《みきはらまゆ》だ。彼女は常にクラスの起因だ。笑顔も悲しみも彼女が最初に起こす。そんな彼女は狂犬であり姫君でもあるのだ。

「この扉だけじゃなく、俺は出口の扉だって開けてみせる」

ゲームを続行し、そして勝ちたかった。

「あなたは扉を開ける呪文《オープンザセサミ》を知っているの？」

繭《まゆ》がくすっと笑った。

「開けゴマはこの舞台の中にあった」

高坂《こうさか》は扉のノブを引いた。鍵がかかっていたはずの扉は簡単に開く。

彼女なら生徒たちを動かせる。非倫理的なゲームだとしても攻略したい、三木原繭《みきはらまゆ》の感情を動かしたいと思わせれば、もしかしたら……。

扉の中を覗《のぞ》いた繭《まゆ》が硬直する。瞳孔が広がるのが見えた。

そんな彼女に生徒たちの視線が集まる。いいぞ、開いた扉で大きな反応をしてくれればこのゲームは続行に傾く。

空間を揺るがす悲鳴が起こった。それは繭《まゆ》の発した声だ。全身を震わせ胸の中の恐怖をすべて吐き出そうとするかのような絶叫。

高坂《こうさか》は扉の中に視線をやり、気づいた。——このゲームはリアルなのだ。

部屋の中には死体があった。

2
キャスティング

whisper of the rabbit

名もなき人間たちは狼から逃れ村へと逃げ込んだ。
狼という恐怖を認識し、自分がか弱い村人であると認識したときから物語が始まる。
ただし村人が戦う意思を見せるのならば。
狼の牙はとても鋭い。か弱い人間は抵抗することもできないだろう。
狼から逃れるには、家に立てこもり扉に鍵をかけること。
それでも扉は破られる……。

対話の場は設けられる前に崩壊した。

高坂《こうさか》はただ舞台の上で立ち尽くしていた。寄り添い泣きじゃくる女子を前にただ立っていた。何もできない無能さを恥じることもせずに、ただ停止していた。

どうしても死体を受け入れられない。いや、理解はしていた。クラスメイトが狼《おおかみ》に殺されたこと、そして墓地の部屋に死体が入っていること。

これはゲームじゃなかったのか？　ゴールに向けて積み上げていった思考は無残にクラッシュした。……本物の死体なんてルール違反だ。

死体は六つ。六人すべてクラスメイトのものに間違いはなかった。狼《おおかみ》に食い殺された形跡のない、きれいな死体だった。だがそれは冷たく粘土のように重く、どんなに救命処置をしたところで息を吹き返すことはないとわかった。

ゲームに負けたところで失うものは、安っぽい菓子かプライドだけだった。将棋を指して王を討ち取られたところで自分が死ぬことはなかった。なんでこうなった……。

六つの死体が入った部屋は閉ざされている。悲鳴を上げた繭《まゆ》に駆け寄った生徒たちは、すべてその死体を目《ま》の当《あ》たりにした。そしてやっと気づいたのだ。これがクラスメイトのいたずらなどではなく、大いなる悪意であることを。

高坂《こうさか》は舞台に置かれた椅子に座り込んだ。女子たちの泣き声が聞こえる。男子の怒鳴り声も響いている。やり場のない不安と怒りをやり方は違うが吐き出しているのだ。そんなマイナスのデータは霧散せずにこの密室に蓄積されていく。

そうだここは密室だ。自分たちは閉じ込められ、クラスメイトの死体を見せられた。なんで椎名《しいな》たちが死ななければならなかった？　サッカー部の辛《つら》い練習に耐え、クラスでは馬鹿な言動で皆を笑わせていた。ユーロサッカーとジャイアンツが好きな無害な人間だったじゃないか。そんな彼らがなんで死んだ？

……失敗したからだ。

椎名《しいな》たちは逃げ切れずに狼《おおかみ》に襲われた。だから死んだのだ。いや、何を考えている。これは現実でゲームではない。

「夜が来る」

柊木《ひいらぎ》の声が聞こえた。顔を上げると、彼女は壁の時計を見つめていた。太陽と月が描かれている時計だ。針は……動いていた。今は太陽のエリア、三時方向を指していた。

「狼《おおかみ》が来るかも」

頭が痛い。こんな状況で尖《とが》った情報を入れたくなかった。そのことについて考えると吐き気がした。全身が拒絶している。

「ちゃんと話し合ったほうが……」

「黙ってくれ」

そんな言葉は聞きたくなかった。恐怖で満杯になった体に、これ以上残酷な情報を入れてどうするのだ。

「……いや、ごめん」

柊木《ひいらぎ》に当たっても仕方がなかった。これからどうするか、は重大な問題だ。頭を抱えて座り込むか、状況打開の努力をするか。だが全身が重い……。

「ねえ、話し合わない?」

声は七瀬《ななせ》だ。バスの脇で座り込む生徒たちに声をかけている。ほとんどの生徒たちはバスの中に引きこもっていた。少しでもこの場所から逃げたいという意思表示かもしれない。

「どうすればいいかを考えないと」

七瀬《ななせ》の言葉はすぐにかき消される。ヒステリックな女子の叫びと、男子の怒気を含んだ声だった。死体から目を逸《そ》らしている。そして逸《そ》らし続《つづ》ければ事態が好転するのだと思っている。

「七瀬《ななせ》さんに賛成だ。皆で話し合おう」

香川《かがわ》が言った。顔は真っ青だが、完璧と呼ばれる人間はこの状況でも理性を保っている。

「こんな状況で何を話し合えってんだよ!」

男子に睨《にら》みつけられたが、香川《かがわ》はあの扉を振り返った。

「仲間の死体の前で騒ぐのはやめよう」

少しずるい言い方かもしれないが、生徒たちの声は収まった。香川《かがわ》は議論がうまい。生徒たちをコントロールする術《すべ》を知っている。

「こうしてても何も解決しないと思う。だからこれからどうするかを話し合おう」

七瀬《ななせ》が制御された口調で言う。二人はこんな状況でも立ち上がれる人間なのだ。

「きっと拉致だと思う。目的はわからない。今後は犯人から接触があるかもしれないし、何か要求があるのならば、すでに外部と連絡を取っているんだと思う」

皆が香川《かがわ》の説明を聞いている。どんな状況でも説明は重要なのだと思った。不条理なゲームでもルール説明だけは必須であるのと同じように。

「あの行為はメッセージだと思う」

香川《かがわ》がぼかしたのは死体のことだ。

「逃げだそうとしたらこうなるぞ、って」

彼の説明で気持ちが少し楽になった。断崖絶壁で立ち尽くさねばならない理由を教えられた感じだ。状況は好転しないがそうなった理由は判明した、と。

「だから、このまま静かに待ってよう。男子は女子のフォローをして、みんなで協力して」

香川《かがわ》が七瀬《ななせ》にうなずいてみせる。七瀬《ななせ》の表情も少しだけ緩んだ。高坂《こうさか》もそう納得しようと思ったが、どうしても息苦しさが消えない。

自分たちは肝心なことを話し合っていないのではないか？　その事実から目を逸《そ》らしていいのだろうか……。

「それでいいのか？」

高坂《こうさか》の口からそんな言葉が漏れていた。

生徒たちの視線が集まってしまった。余計なことを言ってしまったと後悔した。

「他に何があるんだ？」

香川《かがわ》が険のある視線を向ける。

「俺たちを閉じ込めた側からの接触はあった。指示に従うべきじゃないか？」

「指示ってなんだ？」

「狼《おおかみ》から逃げること」

高坂《こうさか》の言葉に、場にしらっとした空気が流れた。

「なに言ってるの？」

唖然《あぜん》とした声を出したのは最上《もがみ》だ。こちらを責める視線だった。

「もう一度言ってみろよ、ゲームオタクが」

香川《かがわ》が睨《にら》みつけてくる。その周りで座り込む女子たちの呼吸が荒くなった。高坂《こうさか》も自身の言葉を恥じた。これではゲームの延長ではないか。そしてこれは死者への冒瀆《ぼうとく》だ。椎名《しいな》たちはゲームで死んだというのか……。

「私は高坂《こうさか》君に賛成です」

振り向くとそこには柊木《ひいらぎ》が立っていた。

「それは明確なメッセージだから。私たちを拉致した目的はここにあるんだと思う」

柊木《ひいらぎ》が蛍光灯に照らされた冷たい空間を見回した。

「目的ってなんだよ！」

「わからない。だから探さないと」

柊木《ひいらぎ》は香川《かがわ》の怒声を正面から受け止めている。

「こんな不条理な指示に従うことはない！」

「不条理を押しつけられるのはいつものことじゃない？」

柊木《ひいらぎ》の言葉には、この状況さえも受け入れてるような諦めがあった。

「仲間同士でやり合ってもしょうがないよ」

不穏な空気の中、七瀬《ななせ》が割って入った。

「確かに狼《おおかみ》の話は馬鹿げてるし、君はいつでもデリカシーがないよね」

彼女はちらりと高坂《こうさか》を見た。だが、そこに責める視線はなかった。

「でも話は聞くべきだと思う。都合の悪い意見を聞かないのはルール違反だよ」

そうだ、言うべきだ。クラスメイトに伝えねばならない。

「建物の外や村の外で夜を迎えれば必ず死ぬ、とウサギは言った。最初はゲームの設定だと思った。でも実際に人が死んだ。今回もそうなるかもしれない」

残酷な言葉に皆が息をのむ。

「じゃあ、俺たちはどうしろと？　鍵をかけるどころか閉じ込められている状態だ」

香川《かがわ》はこの密室を見やる。

「立てこもるべき建物《シエルター》はすでに見つけた」

夜には気づかなかったが、日中の村でそれを目にした。

「立てこもって鍵をかける。その唯一の方法はこれだ」

高坂《こうさか》はVR装置を手に取った。

「もう一度バーチャルに入る。そしてバーチャルの家に立てこもり、鍵をかける」

仮想の村は仔細《しさい》に表現されていた。燃え盛る炎も墓場も建物もだ。

「椎名《しいな》たちはバーチャルの狼《おおかみ》に殺された。わざわざ危険な場所に行けというのか」

香川《かがわ》が反論する。他の生徒たちも同様に表情が硬い。

「俺たちには選択はない。これがゲームや演劇だとしたら自由参加じゃない。俺たちは強制的にやらされている」

銃を突きつけられ演じている。そしてミスをすれば殺される。

「それが正しい選択だって保証はあるのか」

「ない」

香川《かがわ》の問いに首を振った。リスクはある。仮想世界に入らなければ死なないという可能性はある。だが、どうしてもそんな簡単なものとは思えなかった。

「出口もなく助けも呼べない。俺たちにできることは演じることだけだ」

舞台に視線をやる。途中退場は許されない。

「みんながバーチャルに入ったときに犯人がこの部屋に入ってくるのかも」

女子の言葉に皆の表情が固まる。その可能性はあった。仮想世界にログインしているときは、現実の感覚は遮断される。本来ならそこまでではないとされるが、このカスケードシステムは意識が仮想に深くダイブしてしまう。

「もうすぐ夜だよ」

柊木《ひいらぎ》が時計を指さした。太陽と月が描かれた時計。針はもうすぐ夜のゾーンへ突入する。死体を見つけてから動いたのだろうか。体感的には二時間程度しか経《た》っていないように思える。とにかく話し合っている時間もなかった。家に鍵をかけて立てこもらなければ死ぬ。ウサギはそう明言した。

「俺はごめんだ」男子の一人が立ち上がる。「あいつらはあっちの世界の狼《おおかみ》に殺された。バーチャルの家に立てこもるんだったら、バスに立てこもったほうがマシだ」

皆がバスに視線をやる。それは現実的なもう一つの選択肢に思えた。バーチャルにログインして無防備な自分をさらすよりも、バスの扉を閉めて守るのだ。

ここで選択肢が増えたことはマイナスだ。夜までもう時間がない……。最上《もがみ》が視線をうろうろとさせながら口を挟む。

「どちらを選ぶにしろさ、行動はそろえたほうがいいかも。みんなでさ」

確かに別行動は危険だ。……と、高坂《こうさか》は服を引っ張られた。見ると柊木《ひいらぎ》が首を振っている。

「……ああ」

高坂《こうさか》は青ざめた。行動をそろえるのならば選択肢は一つしかない。クラスメイト全員で家に立てこもるのは不可能なのだ。

「なあ、こんな状況だ。各自で決断しないか？」

高坂《こうさか》は乱れる呼吸を整えながら言う。

「もしも俺に何かがあっても、俺は他人のせいにしたくない」

この言葉でいいのか。皆に本当のことを言わなくていいのだろうか。だが、事実を言えば必ず場は紛糾する。これ以上対話が荒れたらすべては終わる。すでに水は腰まで浸水している。これ以上議論を引き延ばせば水没するだろう。

「私も高坂《こうさか》に賛成する。間違った選択をしたら他人の分まで背負わなきゃいけないのはルール違反だと思う。だから今回は自分で決断して」

七瀬《ななせ》のクラスメイトを思いやっての意見だった。

「バーチャルのフェンスよりもバスの扉を閉めるほうがましだ」

すっと男子生徒が立ち上がった。そして追従する生徒が出る。高坂《こうさか》は無意識にその人数を数えてしまった。

「くそっ」

高坂《こうさか》は首を振ってVR装置を持つ。

「バーチャルの扉を信じるほうは、バスから装置を持ってきてあそこのバッテリーに繋《つな》ぐ。舞台に椅子も持って行くんだ」

舞台へ向かうが、他の生徒たちは動かない。舞台に向かうのでもバスに引きこもる選択もしていない。これまでずっと他人の指示に従ってきた生徒たちには決断が重すぎる。いきなり自分の命がチップになったのだ。

時計を見ると針はほぼ下に来ていた。もう夕方だ。

「高坂《こうさか》、舞台でカスケードを使えばいいの？」

七瀬《ななせ》が椅子を持ってくる。彼女は決断をしたようだ。さらに三木原《みきはら》繭《まゆ》も舞台に向かってくる。

そんな二人の行動に追従する生徒が出てきた。数はどうなるか……。

「高坂《こうさか》」

「ああ、まず村はフェンスの内側だ。椅子を×マークのラインの内側に置いて座る」

舞台のフェンスの内側。八畳程度のスペースはある。

「二十人だったら普通に入れる。並んで椅子を置けばいい」

「二十人って？」

七瀬《ななせ》が生徒たちを振り返る。舞台に移動してきたのは十人程度だ。

「いや、特に意味はない」

続々と生徒たちがバスに入っていく。そのまま残る者、ＶＲ装置を持って出てくる者と分かれている。

「バッテリーをちゃんと装着しないと」

高坂《こうさか》は横で戸惑っていた女子のフォローをしてやる。本当なら目立ちたくはなかった。バーチャルに逃げる側の中心になれば、失敗した場合の責任も負わされる。……いや、そんなことを考える必要はない。失敗のペナルティは死なのだ。

「家に入って鍵をかけるってどうやるの？」

「みんなで入るの？」

舞台に生徒が集まってくる。タイムリミットに押されて決断したようだ。

「詳しくはわからない。でもきっと一人ずつだ。鍵は内側から閂《かんぬき》がかけられるようになっている。シンプルなシステムだから大丈夫」

実際に見ていないがそう言うしかなかった。こんなことなら仮想の村をもっと調べておくべきだった。柊木《ひいらぎ》と協力すればヒントが見つかったはずだ。

高坂《こうさか》は舞台を見回す。柊木《ひいらぎ》の姿がなかった。まさかバスに……。

舞台からもバスからも離れた壁際《かべぎわ》に柊木《ひいらぎ》の姿があった。柊木《ひいらぎ》と前園《まえぞの》が話をしている。前園《まえぞの》がペットボトルを手に持ちながら舞台を指さし、柊木《ひいらぎ》がうなずいているといった様子だ。

日常からあの二人の距離は近い気がする。というより柊木《ひいらぎ》が前園《まえぞの》の面倒なことをすべて買って出ているといった関係だろうか。学園祭実行委員の複雑な提出書類を書いていたのは柊木《ひいらぎ》だった。柊木《ひいらぎ》のプライベートはあまり聞いていないがあの二人は……。

「高坂《こうさか》、これでいいの？」

振り向くと七瀬《ななせ》たちが立っていた。椅子をエリアに置き装置の用意を終えたらしい。

「……ＶＲ装置にバッテリーをちゃんと繋《つな》いだ？」

皆がうなずく。人数は……高坂《こうさか》を入れて十二人。

椅子を並べて座る片桐《かたぎり》の姿が見えた。緊張する恋人を気遣っている。さらに舞台に上がった男子がいた。乱暴に椅子を置きＶＲ装置を用意しているのは秋山翔《あきやましょう》だ。それに追従する男子生徒が一人。バスの後部座席に陣取っていた五人のうち二人がこちら側に来たようだ。グループ内でも意見が分かれたらしい。これで十四人。

「必ず助かるのかはわからない。この状況はあまりに不条理だから。でも、そんな中でもルールは守られていた。たとえ悪意のルールでも。だからとりあえず従う」

皆に語り掛けていると、装置を持った柊木《ひいらぎ》と前園《まえぞの》がやってきた。二人もバーチャル側だ。

……これで十六人。

バスを見た。車内には六人の生徒の姿がある。彼らは出てくる様子はなく、出入り口を閉め窓越しにこちらを見ている。車内で狼《おおかみ》をやり過ごす決断をしたのだ。

それを見て不覚にも安堵《あんど》してしまい、そんな自分を恥じた。

いや、どちらが助かるかの保証はない。これから自分たちは現実のこの空間に無防備な体をさらすことになる。密室に狼《おおかみ》が出現したならば、高坂《こうさか》たちは無残に食い殺され、そんな光景をバスの六人は目にすることになる。

「もう夜になる。ログインしよう。みんな用意はいいな」

高坂《こうさか》は椅子に座った。これ以上議論している時間はない。夜になる前に仮想に入ればいいのではなく、そこからさらに建物に入る必要がある。

舞台の十六人は椅子に座る。

ゴーグルを被《かぶ》る前にバスの生徒たちと目が合った。夜が明けたとき彼らと会えるのか……。

――ログイン。

目を開けると外にいた。広場の中心に燃え上がる炎がある。

空は真っ赤に染まっていた。広場の北側に石畳の道が延び、両サイドに建物がずらりと並んでいる。

「みんないる？」

七瀬《ななせ》が広場の生徒の数を数えている。

「こっちの通路だ」

石畳の道を進むと、両サイドにキューブのような形状のシンプルな建物を確認した。それぞれ扉が一つあり、鍵をかければ狼《おおかみ》の襲撃を防げるというのだが。

道路の突き当たりには大きな建物が見えた。十字架を掲げたそれは教会か……。

「全員そろってる」

七瀬《ななせ》がこちらを向く。

「入ろう。中に入って鍵をかける。そして夜は外に出ない」

「どうやって朝を知ればいいの？」

「わからない。でも入るしかない」

質問する女子に答えながら高坂《こうさか》は扉に手をかける。きしむ音がして扉が開く。中を覗《のぞ》くとまるで牢獄《ろうごく》だった。窓一つない空間がある。

「一人ずつなの？」

「わからない」

高坂《こうさか》は建物の中に入った。薄暗い室内には木製の椅子が一つだけ置かれている。

「入れるか？」

目の前にいた七瀬《ななせ》を手招きする。扉をくぐろうとした彼女だが首を振る。

「足が進まないの」

「やっぱり建物には定員があるようだ」

高坂《こうさか》は一度建物の外に出た。そのまま部屋に閉じこもるのは危険だと感じた。

「入ろう、みんな一斉に」

委員長の最上《もがみ》が生徒たちに声をかけている。そんな彼女の腰にはあの拳銃が見えた。銀の弾丸で狼《おおかみ》を殺したはずなのに、なぜ狼《おおかみ》に怯《おび》えている？

戸惑っていた生徒たちがそれぞれ散らばっていく。少しでも不安をやわらげるためか、女子たちは隣同士の部屋にするようだ。

それぞれが扉の前に立つ。建物の条件はすべて同じなのか。位置によってリスクが変化することはないのか……。

高坂《こうさか》は扉を開けて中に入った。扉を閉めると外の音が消えた。一人になってしまった。

狭い部屋は圧迫感がある。こんな牢獄《ろうごく》で夜をやり過ごせというのか。扉の横に閂《かんぬき》の棒が立てかけてあるのに気づき、閂《かんぬき》を差し込んだ。

「なんなんだよ」

高坂《こうさか》はぐったりと椅子に座った。なんでわざわざバーチャルに入って牢獄《ろうごく》で過ごさねばならない？　深海から空まで飛べる自由な世界ではなかったのか？

殺風景な部屋を見回す。あるのは木製の椅子と床に敷かれた古びた絨毯《じゅうたん》ぐらいだ。

「……ん？」

高坂《こうさか》は立ち上がると椅子をどけ絨毯《じゅうたん》をめくった。

何か違和感があると思ったら、床に扉があった。取っ手を引っ張ってみたが動かない。この扉はなんなんだ？

『その扉は教会の脱出通路です』

声にはっと振り返る。しかし部屋の中には誰もいない。石造りの壁の隙間から赤い光が見え、高坂《こうさか》は後ずさった。

『教会は迫害されており、いくつもの抜け穴があるのです。その鍵を持っているのは神の啓示を聞くことができる教会所属の占い師だけです』

あのウサギだった。ウサギが建物の外にいる。

『夜が来ました』

獣の時間だ。他の生徒たちは鍵を閉めて立てこもっただろうか。バスに入った生徒たちはどうなっているか。ログアウトパネルを探したが見つからなかった。

『物語はここから始まります。あなたは物語の配役を得たのです』

何を言っているのかわからない。ここから始まりだと？

『あなたの配役は——村人です』

狼《おおかみ》に怯《おび》える村人を演じろとでもいうのか。

『狼《おおかみ》に追われこの村に逃げ込んだただの村人。とてもか弱い役職ですが、それでも舞台に立つことができます。そうです、あなたは条件を満たしたのです』

やはりこの行動はウサギにとって正解だったのだ。だからといって正しい行動なのかは不明だ。目の前のウサギは自分たちの味方ではない。

『狼《おおかみ》を倒すためには力を合わせなければなりません。他にも村人がいます。そして狼《おおかみ》を倒す武器を持った狩人《かりゅうど》。狼《おおかみ》を見抜く目を持った占い師。深い絆《きずな》で結ばれた共有者……』

その説明に高坂《こうさか》は引っかかった。どこかで聞いたことがあるような気がする。

『そしてこの村には狼《おおかみ》が潜んでいます。その狼《おおかみ》を殺すまで物語は終わりません』

全部殺せなかったというのか。生き残りが村に潜み夜を待っている、と。

『狼《おおかみ》は夜毎《よごと》に人間を襲う可能性があります。この建物にいれば安全とは限りません。この程度の扉なら、朝日が昇るまでの間に壊せるでしょうから』

扉を見る。破られる可能性があるというのか。だとしたら立てこもったのは間違っていたのでは？

『扉は頑丈ですから、狼《おおかみ》も扉を壊すよりも建物の外に出ている人間を襲うでしょうがね。非力な人間は夜の狼《おおかみ》に対抗する術《すべ》はありません』

夜の狼《おおかみ》、との言い方に少し引っかかった。

『ただし人間にも対抗する手段があります。思い出してください、あなたの仲間に一人、狩人《かりゆうど》がいたはずです。銃が放つ銀の弾丸で撃ち抜けば狼《おおかみ》は死にます』

銃。それはすでに見た武器だ。だとすると狩人《かりゆうど》は……。

『狼《おおかみ》を探すには占い師の力が必要です。すでにあなたの仲間に一人います。占い師は狼《おおかみ》を探すために夜通し教会で祈りを捧《ささ》げるのです。占い師は夜は必ず教会で過ごします』

足元の出入り口を見た。これは占い師のためのものなのか。しかし、どうしてこのように回りくどいことをするのだろうか。堂々と教会に入ればいいはずだ。

『狼《おおかみ》に対抗するためには信じる力が必要です。これは役職ではありませんが、あなたの仲間に深い絆《きずな》で結ばれた二人がいたはずです。そんな共有者はお互いの役職を知ることができます』

お互いの役職を知ることができる。他の役職と兼ねるということか。

『また村には墓地があります。そこに死体を置くとその人間の役職が見えるのです。ただしそれはゲームでの正当な死者に限ります』

墓地とは舞台の扉、仮想の村にあったものだ。しばらく考えたがなんの意味があるのかと思う。死体の役職を知ってなんの意味がある？

「どうやって狼《おおかみ》を捕まえる？」

ウサギは答えない。自分で探せということか。

他の生徒たちも今ウサギからの説明を聞き、キャスティングされたということだろうか。まだわからないが、誰が重要な配役を得たのかも問題だ。

いや、狩人《かりゅうど》だけはわかる。最上《もがみ》は彼女にしか使えない銃を持っている。もう一人の重要キャストは占い師だろう。どう占うのかはわからないが、狼《おおかみ》を倒すキーパーソンとなるはずだ。

いつの間にか圧迫感が消えていた。そうだこれはゲームだ。そしていつでもゲームにリスクはつきものではないか……。

……ゲーム？

高坂《こうさか》は既視感を持った。村人、狩人《かりゅうど》、占い師、そして狼《おおかみ》。そんな単語に聞き覚えがあった。だがその記憶が引き出せない。すでにゲームは使い捨てのコンテンツだった。レトロと分類されるゲームもウェブ上を大量にさまよっており、それを消費していくだけでも労力だ。高坂《こうさか》はサークルで数万のゲームを経験したが、その大半の記憶は失われていた。

結局、ゲームに重要なのはゲームそのものではない。派手なガジェットやシステムを用意したところで意味がない。大切なのはプレイヤーだ。いかにプレイヤーの想像力をかき立てるか。ゲームはいかにプレイヤーのインナースペースを引き出すかなのだ。

とにかく議論が必要だ。この夜にそれぞれ説明があったはずだ。ウサギが言ったようにこれからがスタートであり、そのための話し合いは現実で……。自分は現実に戻れるのか？　ゲームが始まっているとしたら、いきなりゲームオーバーの可能性もある。

扉を見た。だとしたらこのゲームは不完全だ。単なるくじ引きのように死者が決まる欠陥ゲーム。

『もうすぐ朝です』

声が聞こえた。思ったよりも夜が短い。この密室の時間と現実の時間は違うのだろう。所詮ゲームの夜なのだ。

『朝になれば、まず誰かが最初に扉を開け安全を確認することになります。その危険な役目は誰が負うべきでしょうか』

　ウサギの質問の真意がわからない。

『投票はどうでしょう。私が皆さんに意見を聞き、その人の扉をノックします』

　最初に扉を開け、安全を確認する役目。

『名前は？』

「……委員長、いや、最上《もがみ》」

　クラス委員長だからではない。彼女は銃を持っている。

『わかりました。ではノックを待ってください。ノックがなければ扉は開けられません。票数がタイになった場合などはまた聞きに来ます』

　ウサギが走り去る足音が聞こえた。この行動の意味はなんなのか。朝が来たら一斉に扉を開けることはできないのか。

　部屋が沈黙する。夜は本当に明けたのか……。

　ふと扉がノックされた。

　高坂《こうさか》は扉に手をかけためらう。ウサギのノックでなく狼《おおかみ》が扉をノックする可能性はあるのか。だが、そんなことを考えているといつまでも扉は開かない。

　意を決して扉を開けた。外にいたのはウサギではなかった。

「高坂《こうさか》君」

ほっとしたような声を出したのは柊木《ひいらぎ》だった。外を見るとすでに生徒たちがいた。手分けをして扉をノックしている。

空は明るかった。どうにか夜をやり過ごした。見ると破壊されたような扉はない。狼《おおかみ》が襲ってきたようには見えなかった。

「ログアウトは？」

「まだできないの。全員が出てこないと駄目なんじゃないかな」

建物から出てくるまで安心できない。扉をノックする七瀬《ななせ》の姿が見える。顔面蒼白《がんめんそうはく》で扉から出てきた片桐《かたぎり》も無事だ。……いや危険なのはここにいる生徒たちじゃない。

おそらく全員が無事だ。対して危険なのは別にいる。早くログアウトして確認しなければならない。

「この部屋、出てこない」

最上《もがみ》の声が聞こえた。扉をノックするが反応がない。慌てて駆け寄ってみると、確かに扉にロックがかかったままだ。だが扉が壊された形跡はない。

「どうするの？」

最上《もがみ》がこちらを向いた。扉を押したが動かない。体当たりしてみるべきか……。

「この建物には誰が？」

いつの間にか生徒たちが集まっていた。

「前園《まえぞの》君がいない」

女子が答えた。ということは中は前園《まえぞの》なのか。狼《おおかみ》の犠牲者はこちらに出たというのか。

「ログアウトできるよ」と、柊木《ひいらぎ》が囁《ささや》いた。

「……現実に戻ろう。そこで話し合いだ」

夜の恐怖から解放され朝に安堵《あんど》したのは一瞬だった。これから冷たい部屋に戻って対話をせねばならない。

少し高坂《こうさか》はためらってしまった。これから見ることになるだろう現実、そしてそれが終わりではないこと。それが起因となり始まる混乱。

どうすればいいのか……。

そんな思考の中、ログアウトパネルを押したのは皆よりも遅かった。

——ログアウト。

潮騒《しおさい》が聞こえた。体の感覚が戻るにつれてボリュームが大きくなる。それは潮騒《しおさい》ではなく悲鳴だということに気づいた。

ゴーグルを外した高坂《こうさか》は絶望する。

悲鳴を上げていたのはバスに走った生徒たちだった。泣き叫ぶ女子を見て、バスの六人が間違った行動をしたのだと知った。そして視線を戻して息をのむ。

目の前には前園《まえぞの》が倒れていた。

喉をかきむしるように苦悶《くもん》の表情を浮かべた前園《まえぞの》だった。
そうだ、夜が明けたからといって終わりではない。
ゲームは始まったばかりだ。

3
村人たちは話し合う

whisper of the rabbit

村人たちは最善の選択をした。
扉を固く閉ざし悪意の侵入を防いだのだ。そして自らを守るための配役を手に入れた。
それは獣を倒すための武器や知恵。
しかし同時に悪い配役も生まれている。
狼は食った人間の皮を被り人間に化けることができる。
だがその事実をまだ村人たちは知らない……。

残り十五人。

二十八人いたクラスメイトは約半分になった。あまりに現実感がなく夢を見ているのかと思う。失われた十三人との記憶の断片的なシーンが、写真のようにひらひらと舞い明滅している。

高坂《こうさか》は薄暗い密室で立ち尽くしていた。

バスの六人は死んでいた。まるで眠っているかのような穏やかな死に顔だった。バスの中に毒ガスでも出る仕掛けがあったのだろうか。いや、そんなことはどうでもいいし、知ったところでどうにもならない。彼らが死んだという事実があるのみだ。

そして前園《まえぞの》の死。

家に閉じこもったはずの前園《まえぞの》も死んでいた。六人と違うのは苦悶《くもん》の表情だ。あの苦しみようはなんなのだろう。

とにかく朝に死者が出た。そして時計は動いている。

舞台の上の時計は時を刻んでいた。体感的にあの時計の針が一周するのは四、五時間といったところか。とすると夜が来るのは二、三時間後だ。ともかく夜が明ければまたも夜になるという自然の摂理がある。この密室から脱出するにはどうすればいいのか。

密室は静かだ。十五人は舞台の下に集まっていた。女子たちは悲鳴と涙で感情を吐き出しぐったりとしている。男子たちはフリーズ状態だった。

「なんでこんなことになったの？」

三木原《みきはら》繭《まゆ》の声は沈黙した空間ではっきりと聞こえた。

「私たちが何をしたというの」

久しぶりに人の声を聞いた気がした。悲鳴や泣き声でない人間の言葉だ。そんな彼女の言葉が起因となり、凍りついていた空間が少しだけ動いた。

「あれじゃないか。きっと復讐《ふくしゅう》だよ」

「俺たちには関係ないだろ」

「でも、前園《まえぞの》はあんなに苦しそうに……」

ぽつぽつと言葉が出る。高坂《こうさか》もあのことを思い出していた。

クラスの副担任のことだ。姿を消した女性教師。

彼女はシングルマザーで小さな子供がいた。とてもかわいらしい女の子だった。何故《なぜ》高坂《こうさか》が知っているかというと、保育園が決まらず学校に連れてきていたからだ。

とてもおとなしい子で、母親が授業をしている間は図書室で絵本を読んで過ごしていた。母性本能をくすぐられたのか、女子たちは積極的に世話をするようにもなった。

だが、その子はプールで溺れ意識不明の重体になった。その後はわからない。担任の中年教師からその話題を口にしないようにとの厳命があったこと、そして副担任の教師は学校を辞めてしまったからだ。

だが隙間から漏れる水のように噂《うわさ》は耳にした。

　プールに突き落とされたらしい。学校はすべてを事故として処理した。いつもその少女と一緒にいたのは前園《まえぞの》だ。そしてその子は前園《まえぞの》に性的ないたずらをされていた……。ただし、ある生徒が、フェンスの穴から一人でプールに入る少女を見たという証言をした。その後、不自然にその事件は収束していった。クラスメイトもできるだけ早く消したい記憶だったのだ。

「前園《まえぞの》ってさ、変なアニメが好きだったじゃん」

「やっぱりそういうことやってたんだよ」

「待ってよ」それを遮ったのは七瀬《ななせ》だ。「それは根も葉もない噂《うわさ》でしょ。それに前園《まえぞの》君は死んだんだよ。死んだ人を悪く言うのは正しくないよ」

「そうだよ。あれは事故だったんだから」最上《もがみ》も追従した。「そんな証言もあったらしいし」

「本当に証言した生徒がいるのか？」

「いる」

　高坂《こうさか》はつい反応してしまった。

「……前園《まえぞの》と特に関連のない生徒が証言したのは事実だ」

　証言した本人から聞いたことがある。だが、そんな証言があっても前園《まえぞの》はクラスから微妙に浮いていた。学園祭実行委員だが、ほとんど飾り物のようになってたのもそれが理由だ。いじめなどはなかった。クラスメイトもそれを早く忘れたかった。

　クラスで微妙な立場になった前園《まえぞの》は、証言した女子生徒と距離を縮めた。何かと彼女に頼るようになった。

「それに死んだのは前園《まえぞの》だけじゃないから関係ない」

そう言ったものの、高坂《こうさか》には不安があった。学校を辞める寸前に見た女性教師の表情は人間のものとは思えなかった。我が子を殺した生徒たちに復讐《ふくしゅう》を、というのはわかりやすい動機だ。

いや、一教師にそんな力があるものか。それとも復讐代行業《ふくしゅうだいこうぎょう》でもあるというのか。

「じゃあ、これはなんなんだよ！」

怒声に生徒たちが凍りつく。声は秋山翔《あきやましょう》だ。先ほどまで出口だろう扉を蹴り飛ばしていた彼は怒りを発散している。

「大きな声を出さないで。やっと落ち着いたみんなが怯《おび》えるから」

誰もが秋山《あきやま》から視線を逸《そ》らす中、はっきりと言ったのは繭《まゆ》だった。

「泣いたって怒鳴ったって解決しない。これがなんだかわからないのはみんな同じだわ。だったら、みんなで考えて話し合うしかないでしょ」

そんな繭《まゆ》を見て去年の学園祭を思い出した。彼女は学園祭でアドリブ劇をやっていた。アドリブ劇とは筋書きのない演劇だ。どう転がるかわからないストーリーの中で自分をどう演出するか。彼女はこの状況でも演者となって自分を保っているのかもしれない。

「高坂《こうさか》、お前の言うとおりにしたら、人が死んだぞ。理由もなく死んだ」

秋山《あきやま》は声のトーンを落としたもののやめなかった。

「誰の責任でもないでしょ」七瀬《ななせ》が立ち上がる。「友達が死んだんだよ。それを誰かの責任にするのはルールに反してる」

女子たちがすすり泣く声が聞こえた。仲間の死によるパニックがひと段落し、さらなる混乱の予兆だった。このまま時間が削られたら、また……。

「理由はあるんだ」

高坂《こうさか》は皆に向く。どんなにマイナスでも情報は公開したほうがいい。

「バスの六人が死んだ理由は従わなかったからだ。そして前園《まえぞの》が死んだのは、これがゲームだからだ」

「君は何を言っている？」

高坂《こうさか》を擁護していた七瀬《ななせ》が鋭い視線を向けた。

「高坂《こうさか》、ゲームで人が死んだと？」

「そうだ、これはゲームだ」

「高坂《こうさか》、お前は何を言ってるんだよ！」

七瀬《ななせ》がキレた。その怒号で密室の空気がびりびりと振動した。

言い訳せねばと思ったが声が喉に詰まる。この状態の七瀬《ななせ》には何を言っても……。高坂《こうさか》は頰を引っぱたかれた。

「私の子供を殺した罪は償ってもらう」

高坂《こうさか》を叩《たた》いたのは三木原《みきはら》繭《まゆ》だった。彼女はそばにあったパイプ椅子に背もたれを前にしてどかっと座った。

「あの子は私のたった一つの宝物だった。それを壊した人間を許さない。関わったすべての人間に復讐《ふくしゅう》することにした。だからお前たちには死のゲームをやってもらう」

あの女性教師の声だった。怒ったときの口調と表情がそのままだ。

高坂《こうさか》は床に尻もちをついたまま唖然《あぜん》とする。七瀬《ななせ》も目を見開き固まっている。

「……と、いう理由なのだとしたら？」

口調が繭《まゆ》のものに戻った。

「ネットの映像には過激なものがあふれている。本当に死んだものもある。そしてそんな映像を専門に撮るような集団も。私たちは復讐《ふくしゅう》のために死のゲームをやらされているとしたら？」

「でも、私たちは関係ないよ。お菓子やアクセをあげて可愛《かわい》がってた……」

「あの人はそう思っていない。何もしなかった、も罪なのだから」

繭《まゆ》は女子の言い訳を遮った。

「私たちを密室に閉じ込めた彼女はこう言っている。指示に従わなければ死ぬ。指示に従いゲームに参加するのならば、死を先延ばしにすると」

繭《まゆ》は強引にこの状況の理由づけをしたのだ。なんでこうなったかでパニックになるより、これからどうするかを話し合うために一歩踏み込んだ。

「私たちはどっちにしろ死ぬということ？」

「それはわからないわ。でも、ゲームに参加しなければ死ぬのはわかる」

状況はいたってシンプルなのだ。舞台から降りれば死ぬ。舞台に上がっても生き残れるかはわからない。

「……だから話し合いたい。私たちは不条理な演劇を強制されているけど、みんなで情報を出し合って対話するの。だから彼の話を聞くべき。ねえ続けて高坂《こうさか》君、ゲームの話を」

繭《まゆ》は高坂《こうさか》と同じように知りたがっている。死の恐怖よりも舞台を気にしているのだ。

「あ、わかった」高坂《こうさか》は慌ててうなずく。「……俺たちは夜、部屋に立てこもった。そして俺はウサギと会話した」

誰も驚いた様子はない。他の部屋にもウサギが来たようだ。

「ウサギは言った。村に隠れる狼《おおかみ》を探せと。つまり狼《おおかみ》を排除すればゲームは終わる。俺たちが解放される可能性があるとすれば、それだ」

ゲームを終わらせること。この密室に終わりが来るならばそれだ。

「ゲームを終わらせて、助かるっていう保証は？」

平静を取り戻した七瀬《ななせ》が聞く。

「ない。でも、生き残れる可能性があるとしたらそれしかない。村に潜む狼《おおかみ》を探し、そして排除する」

舞台を指さした。死にたくなければ与えられた配役を演じるしかない。

「そして狼《おおかみ》と戦う配役もある」

高坂《こうさか》の視線に最上《もがみ》が立ち上がった。

「……皆も知ってるとおり、私は村で偶然に銃を見つけて狼《おおかみ》を撃った。昨日の夜、昨日って言ってもバーチャルの夜なのだけど、ウサギと話した。ウサギが言うには私は――狩人《かりゅうど》だと」

やはり狩人《かりゅうど》は最上《もがみ》だった。銃を手にした瞬間に配役が決まったのだ。

何故《なぜ》か柊木《ひいらぎ》が最上《もがみ》を遮ろうとした。

「ん、どうした？」

「ごめん、なんでもないの」

柊木《ひいらぎ》は首を振り、最上《もがみ》が続ける。

「狩人《かりゅうど》は建物の屋根に潜めるって。狼《おおかみ》は扉をこじ開けようとするけど、途中で狩人《かりゅうど》の気配に気づく。狩人《かりゅうど》を襲うこともできるけど勝敗はランダムとなる。狼《おおかみ》は銃で撃たれたくなければ逃げ――その夜は終わる」

高坂《こうさか》は首を傾《かし》げた。そこまで詳細な説明をされたというのか。

「狼《おおかみ》がどこに隠れてるかはわからない。でもね、狼《おおかみ》の居場所は占い師が調べられるって」

それは村人の高坂《こうさか》も聞いたことだ。最上《もがみ》は生徒たちに視線を向ける。その占い師を探しているようだが誰からも反応がない。クラスメイトを食い殺した狼《おおかみ》がどこにいるかが最重要な要素だ。占い師が見つけ、狩人《かりゆうど》が殺す。それがゲームの攻略法となる。

ふと目の前に座る柊木《ひいらぎ》が目に入った。彼女の顔は真っ青だった。感情の希薄な鈍い人間が異様なほどに動揺している。

「あ……」

繭《まゆ》の声が聞こえた。それは彼女の素の声だった。

高坂《こうさか》と繭《まゆ》は視線を合わせる。彼女の瞳孔が開いていくのが見えた。

「あっ、あっ……」

やっと高坂《こうさか》は思い出した。感じていた既視感はそれだった。繭《まゆ》が高坂《こうさか》のボードゲームサークルに顔を出したある日、せっかくだからとやったのはコミュニケーション系のゲーム。ほとんどのゲームの記憶は消えていた。だが、あのゲームは思い出せる。それは繭《まゆ》の存在が大きい。彼女は村人でも狩人《かりゆうど》でも占い師でも完全に演じてみせた。あれはカードゲームではなかった。彼女は仮想をリアルにし、高坂《こうさか》は狼《おおかみ》の姿すら見た。そのゲームの名は……。

「人狼《じんろう》ゲーム」

頭を殴られたかのような衝撃を感じた。この演劇の配役はまさにそれだ。

高坂《こうさか》ははっと最上《もがみ》に向き直った。彼女は狩人《かりゆうど》だと言った。——言ってしまった。

「言ってよかったのか？」

高坂《こうさか》は呟《つぶや》いた。この役職は公開してよかったのか。

いや、問題なのはそこではない。そんなのは些細《ささい》な要素じゃないか。

「高坂《こうさか》君たち、どうしたの？」

繭《まゆ》と高坂《こうさか》の異変に最上《もがみ》が驚いている。

「……狼《おおかみ》の居場所がわかった」

あのゲームは今でも臨場感を持って記憶から引き出される。狼《おおかみ》の居場所ははじめから設定されているのだ。あの夜、狩人《かりゅうど》や占い師のような善の配役が与えられた。だが、同時に悪い配役も出現した。その配役は——狼《おおかみ》。

なんて残酷なゲームなのだ。それでも高坂《こうさか》は声を絞り出す。隠すわけにはいかない。これは全員が知るべきことだ……。

「狼《おおかみ》はこの中にいる」

＊

人狼《じんろう》ゲームとは各プレイヤーが役職を与えられ勝利を目指すもの。村人たちは占い師や狩人《かりゅうど》などと協力し狼《おおかみ》を駆逐する。そして狼《おおかみ》は村人たちを食いつくす。このゲームの肝は狼《おおかみ》サイドもプレイヤーがやるということだ。

説明するのは自分しかいないのはわかっている。経験があるのは三人だけなのだ。だからこそ、高坂《こうさか》は冷静に話したつもりだった。

それでも場はまたもクラッシュした。

「俺たちは殺し合ってるってことかよ」

高坂《こうさか》の胸ぐらをつかんでいるのは西野《にしの》雄太《ゆうた》という男子だ。他人思いの穏やかな男が暴力に訴えている。女子たちはまたも泣き叫ぶ。どれだけストックがあるというのか。こんな間にも時間が……。

「待て、落ち着けって雄太《ゆうた》」

香川《かがわ》が割って入るが、さらに西野《にしの》は突っかかってくる。

「高坂《こうさか》、どこを見ている？」

「時計だ。こんなことをしてたら……」

「こんなこととはなんだ！」

誰も止めようとしない。女子たちはただ涙を流している。その涙も批判だった。残酷な現実を突きつけた高坂《こうさか》への攻撃だ。

「君は少し早いんだよ。私たちはエアコンでもパソコンでもない。スイッチはないの」

七瀬《ななせ》さえも高坂《こうさか》に批判を向けたそんな中、一人の女子が立ち上がった。

「ねえ、違わない？」

繭《まゆ》だった。他と違い彼女の表情だけは制御されていた。

「そのみんなの怒りは本物？　私には、友達の死を利用しているように見える」

彼女の表情は冷たい。

「こんなにも怒っている私は正しい人間です。こんなにも涙を流している私は優しい人間です。そんな偽物《にせもの》の感情を出さないでほしい。いや、それはとても卑怯《ひきよう》なこと」

友人の死を汚すなという彼女の言葉に皆は沈黙する。だが、高坂《こうさか》は別の恐怖を感じていた。

彼女が怒っているのは、ただ偽物《にせもの》の感情に対してなのでは？　舞台に偽物《にせもの》を持ち込むことを拒絶している。

高坂《こうさか》は思った。この女は日常から狂人だった。この歪《いびつ》な人間は教室という舞台ではもてあまされたが、このような異様な空間こそすっぽりとはまる。

……狂人？　人狼《じんろう》ゲームには狂人もしくは裏切り者という役職がある。もしも彼女が役職ではなく本当に裏切っていたとしたら。クラスメイトをこの空間に誘導した裏切り者だとしたら……。

「私は高坂《こうさか》君に賛成。……それは狼《おおかみ》がこの中にいるということではない。泣いていないで現実を話し合おうということ」

女子たちの涙が止まっていた。演技だと断言された彼女たちの表情は複雑だ。

「泣いたって何も変わらないって？　私たちは何かを変えたいから泣いているんじゃない」

最上《もがみ》は涙をぬぐわずにいる。そんな彼女に繭《まゆ》は微笑《ほほえ》んだ。

「何も変わらないことはない。女の子の涙は一滴ですべてを動かせる。でもね、その涙を使って男の子を黙らせようとするのは違うし、まだ何かできるんだったら頑張って止めるべき。……私は泣いている間に死にたくない。だったらこの密室の真実を知りたい」

繭《まゆ》は指で最上《もがみ》の涙をぬぐい、皆に振り向く。

「この密室を作った人間は、私たちに殺し合いをさせようとしている。そんな連中の期待に応えたいのなら、まず私から殺しなさい。せっかくだから男子みんなでレイプしてから最後に殴り殺せばいい」

香川《かがわ》が後ずさった。この女は教師でさえやり込める香川《かがわ》でもコントロールが不可能だ。自分に告白してきた男子に無理難題を吹っ掛け、噛《か》みついて食い散らかす狂犬だ。

「だからって、話し合えば生き残れるのか？」

「わからない。でも、今ここで何もしなければ全員死ぬことは確か」

密室が沈黙した。この沈黙はとても長かった。

人狼《じんろう》ゲーム。

狼《おおかみ》は村人のふりをして夜毎《よごと》に人間を食い殺す。

村人たちは自分たちの中に潜んだ狼《おおかみ》を探して殺す……。

どうやって見つければいい？　この密室に殺人犯が隠れているなら簡単だった。勇気を出して戦えばよかった。しかし仲間の中に犯人がいるのだ。

「続けませんか？」

立ち上がったのは柊木《ひいらぎ》だった。彼女は怒ることも泣くこともせず、ずっと考え込んでいた。

「ゲーム続行か否《いな》かの結論は先延ばしにして、まずは知ることから始めるんです。不条理なゲームだとしても、何も知らなければ始まりませんから」

人狼《じんろう》ゲーム経験者の一人だ。何か解決方法を思いついたというのか。

「まずは自己紹介をさせてください。私はクラスの人たちとあまり喋《しゃべ》ったことがないから、名前すら知らない人がいますよね。……私の名前は柊木由希《ひいらぎゆき》です」

彼女が始めたのは自己紹介だった。

「委員会は環境、クラスの係は植物。へちまとゴーヤのグリーンカーテンがうまくできたのが私の自慢です。この夏が終われば、へちまはスポンジにして皆に配る予定です……」

皆は黙って聞いている。繭《まゆ》の狂気に触れたショックが抜けていない。柊木《ひいらぎ》の自己紹介はその隙間にすっぽりとはまった。

彼女のプロフィールは高坂《こうさか》がすでに知っているものだった。だが、これは話し合いのきっかけになる。暴力よりも言葉を使ってこの密室から脱出するという意思表示だ。

「……でも、このゲームの私は罪人じゃない。だからこそはっきりと言います。……クラスメイトを殺した狼《おおかみ》は私じゃありません」

柊木《ひいらぎ》の発言が少し攻撃的になった。彼女は何を言っているのか。

「それはまぎれもない真実。決してこの言葉は狼《おおかみ》の囁《ささや》きではない」

ここで気づいた。この発言はゲーム参加への意思表示だった。柊木由希《ひいらぎゆき》は決意した。

「最後に、そんな私に与えられた配役は——占い師です」

高坂《こうさか》と繭《まゆ》は視線を合わせて息をのんだ。占い師は公開してよかった配役なのか必死で記憶を探る。周囲の生徒たちはぽかんとしていた。

「占い師に与えられた能力は狼《おおかみ》を探すこと。夜毎《よごと》に必ず教会で祈り、狼《おおかみ》を判別できる能力を持っています」

そうだ、誰かを指名し狼《おおかみ》か否《いな》かを知ることができる能力。

「ねえ、公開したら殺されるんじゃ……」

繭《まゆ》が耳打ちした。

「……いや、ゲームでは名乗り出るほうが多かった。守ればいいんだ」

そのための役職がある。人狼《じんろう》ゲームはそんなシステムだった。

「クラスメイトを殺したのは悪意を持ったこのゲームの主催者です。でも、ゲームとしては狼《おおかみ》が村人を殺したことになっています。ですからこれは占い師として呼びかけます。この中に狼《おおかみ》がいるのならば、今言うべきです」

柊木《ひいらぎ》は攻撃を続けていた。繭《まゆ》が作った隙をついて狼《おおかみ》にアタックをかけている。

「そして話し合いましょう。みんなで狼《おおかみ》をどうするかを。それが正攻法です。この不条理なゲームに負けず私たちを失わない唯一の攻略法」

沈黙。皆が固まったままだ。

「ここでの沈黙は悪です。クラスメイトの死を見過ごす悪意。名乗り出なければ私は必ず占い師として狼《おおかみ》を見つける」

柊《ひいらぎ》木のこの表情は高坂《こうさか》だけが知っている。どんな方法を使ってでも勝つと決意したときの柊《ひい》木《らぎ》だ。そして彼女は狼《おおかみ》とゲームそのものに宣戦布告をした。

これはまずいパターンだ。柊《ひいらぎ》木は危険すぎる。あの人間がよりによって重要な役職を握ってしまうとは。人狼《じんろう》ゲームでは占い師の公開はセオリーの一つだ。だが、問題なのはその占い師が本物であるかわからないということ。

もう一つのセオリーとして狼《おおかみ》が占い師を騙《かた》ることがあるからだ。偽者《にせもの》の占い師は偽《にせ》の占いをして村人たちを混乱に導く。ゲームに勝つと腹をくった狼《おおかみ》の柊《ひいらぎ》木が、占い師を騙《かた》っていることは十分にあり得る。

そもそも役職はランダムのはず。昨日の夜に配役が決定したとするならば、占い師を引ける可能性は約6パーセント。いくら引きが強いからと柊《ひいらぎ》木が引けるのか。

……いや、その思考は危険だ。必ず誰かは占い師になる。そこから疑うのはまずい。

とにかく柊《ひいらぎ》木は占い師か狼《おおかみ》だ。

経験者の柊《ひいらぎ》木は、村人でありつつ占い師を名乗るメリットは皆無だと知っている。いや、メリットがあるとすれば狩人《かりゅうど》に守られやすいということか。だが、本物の占い師が名乗り出れば終わりだ。村人サイドが偽者《にせもの》の占い師に混乱しながら崩壊する。

それでも――もしも彼女が本物の占い師であったら大きな武器になる。柊木《ひいらぎ》は必ず狼《おおかみ》を炙《あぶ》りだしゲームを終わらせる。

「……ん？」

高坂《こうさか》は思考を中断した。いつの間にか男子が立っていた。

「片桐《かたぎり》、どうした？」

立っていたのは片桐司《かたぎりつかさ》だ。柊木《ひいらぎ》の自己紹介を引き継ごうというのか。

片桐《かたぎり》はゆっくりと生徒たちを見回し、自己紹介をした。

「僕が狼《おおかみ》だ」

*

「昨日の夜に部屋でウサギから説明を受けた。あなたの役職は狼《おおかみ》です、と」

片桐《かたぎり》は取り乱した様子もなく淡々と語っている。

「狼《おおかみ》は夜が来るたびに村人を襲う。その順序は、建物に入っていない人間を全員。すべての村人たちが部屋に立てこもっていたら、どれか一つの扉をこじ開けると」

人狼《じんろう》ゲームのルールどおりだ。ただし、人狼《じんろう》ゲームでは部屋に立てこもらない村人はいない。これはゲームであるがリアルだ。そのためにルールが少し変更されている。

「でも僕は、あのバスの六人や前園《まえぞの》を食ったわけじゃない」

声に痛みが混ざった。当然だ。片桐《かたぎり》が密室で生徒たちを殺して回ったことなどあり得ない。バスは毒ガスか？　前園《まえぞの》は毒物でも投与されたのか。とにかく殺人者は密室の製作者だ。

「狼《おおかみ》がいる限りこれは続くと。狼《おおかみ》が死ぬか村人が全滅するまで物語が続く」

とにかく狼《おおかみ》がいる限り被害者が出続けるという残酷なゲームなのだ。高坂《こうさか》は苦痛にうめく友人を眺めることしかできなかった。こういった場合はどうしたらいい？　そもそも人狼《じんろう》ゲームでは狼《おおかみ》の告白などはあり得ない。

どうしたらこの問題を解決できる？　自分はこんなシーンを覚悟してゲームの説明をしていたというのか。こんな残酷なシーンを見せるために情報を垂れ流したのか……。

「片桐《かたぎり》君は間違っていない」片桐《かたぎり》の告白を受け止めたのは繭《まゆ》だった。「間違っているのはこのゲームだもの。そして片桐《かたぎり》君はその悪意に勝った。正しい行動をしたの」

そして彼女は生徒たちに向き直る。

「ここからが本番よ。みんなで考えるの。……顔を上げて愛沢《あいざわ》さん」

膝を抱えて震えていたのは、片桐《かたぎり》の恋人の愛沢佳那《あいざわかな》だ。

「ここからは部外者はいない。これからどうするかをみんなで話し合うの。ねえみんな、私たちはどうすればいい？」

皆が凍りつくなか、高坂《こうさか》は視界に時計を入れていた。

すでに針は下方向を向いている。同時に時計を見てしまった自分を恥じた。この状況で自分はゲームのルールのほうを気にしているのか。

……この沈黙は絶望的だった。

誰も発言しないのは行き詰まっているからだ。片桐《かたぎり》を責めても意味がない。彼は勇気を出して自らの役職を公開した。そんな片桐《かたぎり》をどうするのか。

こうして時間を削っていても終わる。このまま薄暗い空間で立ち尽くしていれば、バスの生徒たちのように狼《おおかみ》に食い殺される。その場合は狼《おおかみ》の勝利だ。片桐《かたぎり》は生き残り、ルールが厳格ならばこの密室からの脱出が果たせる可能性がある。

だが、村人の勝利を村人から口にすることはできない……。

「……中で話さないか」発言したのは片桐《かたぎり》だった。「この薄暗い場所は息苦しい。空の見える場所で話し合いたいんだ」

片桐《かたぎり》の意見に皆は顔を見合わせる。

「なあ、片桐《かたぎり》……」

「そのほうが問題ないだろ」

片桐《かたぎり》は高坂《こうさか》を遮り舞台へと進む。ここで片桐《かたぎり》が狼《おおかみ》であることを告白した理由を知った。

「行こう、村で話し合おう」

高坂《こうさか》は皆を舞台に促す。怯《おび》えている生徒もいた。片桐《かたぎり》が狼《おおかみ》であることを知り警戒している。

「大丈夫、昼の狼《おおかみ》は無力だと説明があったから」

そう言い、片桐《かたぎり》は舞台に置かれた椅子に座った。

まず続いたのは繭《まゆ》だ。男子生徒たちが続き、女子たちも椅子に座る。

「ここに置いておくわけにはいかないよな、前園《まえぞの》」

高坂《こうさか》は舞台に横たわっていた前園《まえぞの》の遺体を動かした。墓場マークのある扉の向こうは冷蔵庫のような霊安室になっている。高坂《こうさか》は遺体をそこに運んだ。

霊安室の扉を閉めてから舞台に向かう。すでにすべての生徒が座りＶＲ装置を持っている。

空いた椅子を探して高坂《こうさか》も座った。

「用意して、みんな」

繭《まゆ》の号令でゴーグルを被《かぶ》る。ゴーグル越しに現実の空間が見える。

『十五人のログインを確認しました』

ガイドの音声が聞こえる。そのまま視界が明滅し体の感覚が失われていく……。

――仮想の村へ。

夕暮れだった。目の前には燃え上がる炎。十五人の生徒は広場に立っていた。

片桐《かたぎり》は炎を背に立っていた。

「たとえこれが悪趣味な演劇だったとしても、クラスメイトを殺した配役は僕だ。だからもう心は決まっている。責任を取りたい」

片桐《かたぎり》はそう言うだろうと思っていた。誰にでも優しく正義感の強い人間だ。狼《おおかみ》であると告白したときから決意していたはずだ。そしてつらい決断を皆に押しつけるような人間じゃない。

呼吸が乱れ息苦しくなる。目の前で燃えているあの炎が酸素を使っている。酸欠になって思考が回らない。片桐《かたぎり》はクラスメイトのために死ぬ気なのだ……。

「君だけには迷惑をかける。でも、僕は君でよかったと思う」

片桐《かたぎり》と見つめ合っていたのは最上《もがみ》だった。

最上《もがみ》が震えている。……銃だ。彼女は狼《おおかみ》を殺す狩人《かりゅうど》なのだ。

片桐《かたぎり》が両膝をついた。最上《もがみ》に撃てと言っている。

「そんな……」

最上《もがみ》の絶望の表情がそこにあった。

「そうするしかみんなが生き残る方法はないよ。どうせ死ぬのなら僕は綺麗《きれい》に死にたいし、最後に見たのは君でいたかった」

片桐《かたぎり》と最上《もがみ》が視線を合わせている。高坂《こうさか》は知っていた。片桐《かたぎり》には愛沢《あいざわ》という恋人がいるが、相思相愛ではなかった。告白されたと片桐《かたぎり》に相談されたのだ。

片桐《かたぎり》には別に好きな女子がいるとのことだった。相談された高坂《こうさか》は役に立たなかった。話を聞いただけなのだ。そして片桐《かたぎり》は決断し、愛沢《あいざわ》と付き合うことになった。告白を断る冷たさを彼は持っていなかった。……だからこそ残酷なシーンができあがった。

「時間がないよ」

最上《もがみ》にかける声はとても優しい。片桐《かたぎり》はこんな場所でやっと自分の真実を口にした。そして最上《もがみ》はすべてを背負うことになった。今まで彼女はクラスの厄介ごとをすべて押しつけられ、笑顔でそれをこなしていた。だが他人の命を背負うことはなかった。

最上《もがみ》のうめき声が聞こえる。彼女は強烈な痛みに耐えながら銃を握った。

……このシーンが見たかったのか？　そのために自分たちは密室に閉じ込められたのか？

間違っているのでは？　これは違うと思った。止めるべきだ。たとえ一人の犠牲でその他が助かるとしても、これは完全に間違っている。

苦痛の表情の七瀬《ななせ》と目が合った。顔面蒼白《がんめんそうはく》な彼女はすがるようにこちらを見た。

（お願い、止めて）

彼女の唇がそう動いていた。

……声が出ない。高坂《こうさか》の唇は空転する。

片桐《かたぎり》は決意した。そして苦しみながら銃を握る最上《もがみ》。その二人の間に割って入ることができなかった。それほどにこのシーンは完成されていた。何人《なんぴと》たりとも二人の邪魔はできない。

銃口を向けては苦しげに空を見上げる。最上《もがみ》はそんな行動を繰り返していた。一方片桐《かたぎり》は穏やかな顔で最上《もがみ》を見つめている。

そのシーンを見ている片桐《かたぎり》の恋人、愛沢《あいざわ》は涙を流していた。観客の一人としてそのシーンを見守っている。……愛沢《あいざわ》が一瞬だけ空に視線をやった。

高坂《こうさか》は必死に吐き気をこらえた。恋人だったはずの彼女が、彼の死よりも夜を気にしたこと。そして、この状況でそれに気づいてしまう自分にも……。

汚れてしまったと思った。この悪意の空間に汚染された。たとえ生き残ったとしても、この汚れは落ちない。死ぬにしても片桐《かたぎり》のように綺麗《きれい》なまま死ねない。

——撃て。

見つめる生徒たちの声が聞こえた。

そんなはずがなかった。この声は自分の胸の中に発生させた悪魔の声だ。止めるしかない。やはりこれは間違っている……。

「撃つから」

最上《もがみ》は涙を流しながら声を絞り出す。

「みんなを守るために撃ってあげる。だからみんなは部屋に入って鍵をかけていて」

高坂《こうさか》が止めるよりも最上《もがみ》の決意のほうが早かった。

撃つところを見られたくない。そんな気持ちもあるだろう。だが、それよりもこの最後の時間を急《せ》かされたくなかった。早く撃ってくれという生徒たちの心の声が聞こえたのだ。

皆は彼女の言葉を受け入れた。夜までの残り時間を二人の時間にするべきだと思ったからだ。

そして日が沈み切る寸前、村に銃声が鳴り響いた。

4
人狼ゲーム

whisper of the wolf

夜。それは狼に与えられた囁きの時間だった。
私たちは狼の告白を聞いた。
そして銃声も。
どうすればよかったのか。
この囁きを交わせば運命は変わっただろうか。
いや、それは結論の出ないことだ。
唯一わかっていることは、終わりではないということ
夜はまだ続いているのだから……。

……これでよかったのか。

村人たちは狩人《かりゅうど》にすべてを押しつけた。

狩人《かりゅうど》はすべてを受け止め、村人たちの命や罪を込めて弾丸を放った。

夜が明ける――。

そして高坂《こうさか》たちは愕然《がくぜん》としていた。現実に戻った生徒たちはこの密室が終わっていないことを思い知らされた。

床に寝かされている片桐《かたぎり》の姿が見えた。片桐《かたぎり》は死んでいた。こうなることは覚悟していた。壁際《かべぎわ》に座り込む最上《もがみ》の姿が見える。狼殺《おおかみごろ》しの狩人《かりゅうど》の姿だった。

これはすべての生徒たちが受け入れるべき光景だ。

だが、なんで他に死人が出た？

死んでいたのは赤城里沙《あかぎりさ》と石田寛《いしだひろし》の二人だった。バーチャルの夜が明け建物の外に出ると、すでに扉が開いている部屋があった。その部屋をのぞき込むと――死んでいた。

仮想の二人は血まみれで、明らかに狼《おおかみ》に食い殺されたイメージだった。

そして現実では眠るような表情で死んでいた。

高坂《こうさか》は片桐《かたぎり》の胸に手を添える。彼は狼《おおかみ》ではなかったというのか。……いや違う。狼《おおかみ》の配役を与えられた片桐《かたぎり》は勇気ある告白をした。間違っていたのは高坂《こうさか》だ。目の前の悲劇に目を背けていた。このゲームについて深く思案することを放棄していた。

密室が沈黙する。現実に戻った生徒たちに会話はない。消化不良の情報を無理やり体に詰め込まれてフリーズしている状態だった。

「高坂《こうさか》君、愛沢《あいざわ》さんが」

寄ってきたのは柊木《ひいらぎ》だった。舞台に視線をやると、一人だけまだゴーグルを被《かぶ》って椅子に座っている。

胸が上下し呼吸をしているのが見える。

「……ログアウトしていないのか？」

「外のスイッチを押せばログアウトできると思うけど……」

柊木《ひいらぎ》がちらりと片桐《かたぎり》の死体を見た。これから起こるのは悲劇的なシーンだ。現実に戻った愛《あい》沢《ざわ》は恋人の死を確認せねばならない。

……待てよ。なんで愛沢《あいざわ》だけがログアウトしていない？

視線を戻して高坂《こうさか》ははっとした。愛沢《あいざわ》の椅子の位置が、舞台の炎のマークの上にあった。

「なんでここに？」

この位置でログインしたのか？　いや、皆で火を囲むように並んでいたはずだが……。

「自分で動いたのかも」

「椅子を持ってか？　仮想で現実の体を動かすことは不可能だろ」

「そうとは限らないよ。微妙な動作で複雑な仮想での動きを再現できるように、逆もある」

「仮想のアバターを操作するように、現実の肉体を操作したってことか？　いや、それより」

そもそも、どうして愛沢《あいざわ》だけがログアウトしていない？

高坂《こうさか》は今日の朝を回想する。朝方にウサギが来て投票があった。おそらく得票を集めたのは三木原繭《みきはらまゆ》だろう。ウサギはまず繭《まゆ》の扉をノックした。外に出た繭《まゆ》が他の生徒の扉をノックし扉を開けていく流れだ。ノックがなければ扉は開かない。

……そうだ、ノックをせずに最後に残ったのが愛沢《あいざわ》なのだ。誰もが恋人を失った彼女に触れたがらなかった。

いや、問題はそこじゃない。ゲームルールはあえて一人を残して他の生徒を帰還させた。そして最後に残った生徒の椅子は自動的に炎の上に……。

「愛沢《あいざわ》さん」

高坂《こうさか》はVR装置の外部にあるスイッチに触れ、愛沢《あいざわ》をログアウトさせた。

現実に戻った彼女はしばらくぼんやりとしていた。これはバーチャル酔いだ。仮想と現実にはずれがあるからだ。

そして我に返った愛沢《あいざわ》は、片桐《かたぎり》の死体に向かって走った。彼女が泣き叫ぶこのシーンも想定内だ。こうなるとわかっていた。たった一つわかっていないことは——どうして終わっていない？　狼《おおかみ》を殺せば終わりじゃなかったのか？　自分たちは騙《だま》されたというのか。

密室は愛沢《あいざわ》の泣き声によって動きだした。

「おい、なんでこうなる？」

高坂《こうさか》に詰め寄ったのは秋山翔《あきやましょう》だった。そんな彼を高坂《こうさか》は苦々しく思った。この男はいつもこうだ。気に食わないことがあると文句を言い、最終的には暴力だ。

「なんだその目は」

「待って」

つかみかかってきた秋山《あきやま》を止めたのは繭《まゆ》だった。彼女も混乱していた。

「ねえ、人狼《じんろう》ゲームは狼《おおかみ》を排除すれば終わりじゃなかったの？」

「それを信じたのが馬鹿なんだよ！」

秋山《あきやま》が怒鳴る。それは生徒たちの叫びそのものであり、高坂《こうさか》に向けられていた。人狼《じんろう》ゲームのルールを語った高坂《こうさか》に責任を押しつけている。

「三木原《みきはら》と人狼《じんろう》ゲームをやったことがある」

高坂《こうさか》は生徒たちに振り向いた。自分は大きな勘違いをしていた。

「そのときは柊木《ひいらぎ》もいた。そして後輩が一人、他のゲストが二人の合計六人だったんだ。その人数だと狼《おおかみ》は一匹になる。でもプレイヤーの人数が多ければ――狼《おおかみ》は一匹とは限らない」

つまり狼《おおかみ》はまだいる。狼《おおかみ》は片桐《かたぎり》だけじゃなかった。

「じゃあ、片桐《かたぎり》君はなんだったの？　撃たれた意味がないじゃない！」

泣き叫ぶ愛沢《あいざわ》の声が密室に反響する。彼女は片桐《かたぎり》に覆いかぶさりながら、暗がりを睨《にら》みつけた。そこには膝を抱える最上《もがみ》の姿があった。最上《もがみ》はすべての情報を拒絶するかのように耳をふさいでいる。自分を好きだった人間を殺してまで責任を取ったのに攻撃されている。

さらに矛先は高坂《こうさか》に向けられた。

「ルールを後出しするなよ」

「知っていることをすべて言うべきだった」

自分の心を保つために皆が選択したのは攻撃だった。

「てめえが狼《おおかみ》なんだろ」

秋山《あきやま》に殴りつけられ高坂《こうさか》は床を転がった。

「やめて」秋山《あきやま》の前に立ちはだかったのは七瀬《ななせ》だ。「暴力はルール違反だよ。教室から私はそう言ってる」

「こんな場所でも風紀委員長か？」

「こんな場所だからこそ、ルールは守るべきだと思う」

繭《まゆ》も七瀬《ななせ》に同意している。

「おい、狼《おおかみ》をかばうのか？　じゃあお前も狼《おおかみ》か？」

秋山《あきやま》に恫喝《どうかつ》されても、繭《まゆ》は一歩も引かなかった。

「私は狼《おおかみ》じゃない」

「そんなのわからねえだろ。この中ではお前が一番怪しいんだよ」

「いいえ、繭《まゆ》ちゃんは狼《おおかみ》じゃない」発言主は柊木《ひいらぎ》だった。「私は狼《おおかみ》を探すために占った。たった一人の占い師だから」

「てめえはなんの話をしてる!」

「狼《おおかみ》は誰かの話ですよね」

柊木《ひいらぎ》の言葉に秋山《あきやま》が思わず後ずさった。

「秋山《あきやま》君は狼《おおかみ》を探す話を始めたんですよね。だからその話をしています。昨日の夜教会で私が占ったのは——繭《まゆ》ちゃんです」

繭《まゆ》は一瞬だけ動揺を見せた。占い師は夜毎《よごと》に必ず教会に入り占いをするというルールがある。そして占ったのは三木原繭《みきはらまゆ》。

「占った理由は繭《まゆ》ちゃんが狼《おおかみ》だったら危険だから。そして結果は——」

柊木《ひいらぎ》が繭《まゆ》を指さす。もしも彼女が狼《おおかみ》だったら……。

「村人」

高坂《こうさか》は安堵《あんど》した。これで彼女の狼《おおかみ》の疑いは晴れた。

……いや、これでいいのか？　セオリーでは村人と判明したプレイヤーは最後まで生き残れただろうか。

とにかく柊木《ひいらぎ》と繭《まゆ》にはラインができたことになる。正義の占い師と、その占い師が村人だと認めた三木原繭《みきはらまゆ》。このゲームはそんなラインが重要だ。プレイヤー同士を線で結びながら狼《おおかみ》を推測するのだ。もしも柊木《ひいらぎ》が狼《おおかみ》だと判明した場合、次に撃たれるのは繭《まゆ》だ。そんな危うい運命共同体ともいえるライン。

……撃つ？

高坂《こうさか》は自然な思考で死刑執行人を最上《もがみ》にしてしまっていた。だが、今後彼女は撃てるのだろうか。華奢《きやしゃ》な体で人殺しの汚名を背負った彼女は身じろぎひとつしない。

秋山《あきやま》は高坂《こうさか》たちに背を向けると、怒りを別の生徒に向け始める。愛沢《あいざわ》の泣き声は最上《もがみ》を非難したまま止まらず、場は混迷を深めた。

「私はか弱い村人。占いにより疑いを晴らした」

混乱の中で繭《まゆ》が構わず声を上げる。狼《おおかみ》の疑いを晴らした彼女が場のイニシアチブを握った。

「議論は続行するし、不条理なゲームも調べる必要がある」

繭《まゆ》の言うとおりだ。すでに多くの死者が出た。そして恐怖に負けて片桐《かたぎり》を殺した。自分の手は汚さずに最上《もがみ》に押しつけたが、それはすべての生徒の責任だ。もう綺麗《きれい》に死ぬことはできないならば、生き残るためにゲームを続行するしかない。

そのためには、まず……。高坂《こうさか》は愛沢《あいざわ》に近づいた。

「愛沢《あいざわ》さん、このままじゃ片桐《かたぎり》がかわいそうだから、静かなところへ移動させよう」

泣きわめく彼女を触発しないように高坂《こうさか》は話しかける。

「手伝うよ」

七瀬《ななせ》が寄ってくる。死体を愛沢《あいざわ》から引き離し、二人で舞台脇の霊安室へと運んだ。前園《まえぞの》の死体の横に片桐《かたぎり》を寝かす。さらに昨日の夜に狼《おおかみ》に食われた赤城里沙《あかぎりさ》と石田寛《いしだひろし》も並べた。七瀬《ななせ》は死体を前に顔を歪《ゆが》めている。

「……私たちは人を殺した」

「違う」

「違わない。私は人殺しだ」

「違う！」高坂《こうさか》は七瀬《ななせ》の両肩を握った。「殺したのはゲームのルールだ。片桐《かたぎり》だってゲームのルールによって死んだ。」

片桐《かたぎり》は高坂《こうさか》にとって大切な人間だった。先々でトラブルを起こし部活やサークルをたらいまわしにされた高坂《こうさか》を受け入れてくれた。石田《いしだ》は吹奏楽部だ。放課後に廊下で大きな楽器を吹いているのを見たことがある。赤城《あかぎ》はいつも物静かだった。休み時間は自分の席で本を読んでいるようなタイプ。死んでから彼女ともっと話せばよかったと思う。自分は教室で何をしていた？　この密室より莫大《ばくだい》な時間があったはずなのに。

……黙れ。今はそんなことを考えているときではない。他人の死に動揺すれば理性が弱まる。死体を見て感傷に浸っていては駄目だ。

「出るぞ」

高坂《こうさか》は七瀬《ななせ》に呼びかけ、霊安室の扉を閉めた。

舞台の下では秋山《あきやま》による尋問が続いている。それは尋問というよりも暴行だ。残っている男子たちを殴りつけるだけの行為だった。

これでは逆だ。舞台の下で演劇が始まっている。

「高坂《こうさか》君」

舞台では柊木《ひいらぎ》がVR装置を用意していた。

「七瀬《ななせ》、クラスメイトのフォローを。俺たちはあっちを見てくるから」

高坂《こうさか》と柊木《ひいらぎ》は椅子を舞台に移動させ座った。そしてゴーグルを被《かぶ》りログイン。

広場に入ると西側の墓地へと向かった。

村の墓地。そこには十六の墓がある。

舞台の霊安室が墓地なのだ。死んだ十六人が土葬されている。

高坂《こうさか》は一つ一つの墓を見て回る。並ぶ名もなき人間の墓。それらは最初に狼《おおかみ》に襲われた生徒たちだ。目の前の墓のプレートには赤城里沙《あかぎりさ》の名前が刻まれている。その下には村人とあった。

そして高坂《こうさか》は片桐《かたぎり》の墓を見つけた。片桐司《かたぎりつかさ》の銘の下には狼《おおかみ》とある。プレートの上には血に汚れた狼《おおかみ》の牙が置かれている。

やはりこの墓地は霊媒師だ。霊媒師というのは死んだ人間が村人か狼《おおかみ》であるかを判別する役職だ。だが、このゲームでは役職ではなく場所だった。そしてもう一つ、死んだ人間の役職が判別できるとのルールがある。

占い師や狩人《かりゅうど》が死んだら墓石にそう刻まれるのだ。

「本当に狼《おおかみ》だったんだね」

柊木《ひいらぎ》は片桐《かたぎり》の墓の前で膝をついて祈りを捧《ささ》げている。高坂《こうさか》もそうした。

狼《おおかみ》の告白はゲームでの敗退行為だ。だが片桐《かたぎり》は勝利した。彼はゲームの闇に呑《の》み込《こ》まれず、自己犠牲の選択をした。ある意味幸せだ。これから起こるのは、友人同士が悪意をぶつけ殺し合うゲームなのだ。

次に高坂《こうさか》は赤城《あかぎ》の墓の前にひざまずく。銃声を聞いて彼女は終わったと思ったはずだ。狼《おおかみ》に襲われるとは思わずに夜を過ごした。ふと思った。もしも高坂《こうさか》たちが片桐《かたぎり》の死に付き合い、広場で夜を過ごしたとしたら。全滅した可能性もある。最上《もがみ》が部屋に行ってくれと言わなければ危なかったかもしれない。

「戻ろう」

高坂《こうさか》は立ち上がる。墓地に来たのは死んだ人間の役職を確認するためだった。片桐《かたぎり》の死体を霊安室に入れたのもそのためだ。

ログアウトすると怒声が聞こえた。静かな村の墓地に反して、現実の密室は騒がしかった。

「残った狼《おおかみ》は誰だ？」

秋山《あきやま》が威嚇している。さすがに女子を殴ることはしなかったが、皆が怯《おび》えている。

「やめて！」

悲鳴を上げたのは壁際《かべぎわ》に座り込む最上《もがみ》だった。

「狼《おおかみ》が誰であっても、私はもう撃てない」

それは悲痛な叫びだった。彼女は片桐《かたぎり》を撃ったことで心を折ってしまった。

「じゃあなんで片桐《かたぎり》君を撃ったのよ！」

愛沢《あいざわ》が突っかかる。舞台の下はめちゃめちゃだった。

高坂《こうさか》は舞台で立ち尽くす。あんな中に混ざるなら舞台にいるほうがまだマシだ。脚本どおりに演技をすればいいだけなのだから。繭《まゆ》や柊木《ひいらぎ》とプレイした人狼《じんろう》ゲームはこうだったか？　理性的な対話と冷静な処刑。とてもスムーズなゲームだった。

いや、あれはゲームではなく単なる遊びだ。負けても何も失わない。本当のゲームなどではなかった。


……もうすぐ夜が来る。

密室に潜む狼《おおかみ》は見つからない。生徒たちに残された選択は舞台に上がることだった。村の建物に立てこもって鍵をかける。息をひそめて狼《おおかみ》をやり過ごすのだ。

「委員長、聞け」

高坂《こうさか》は夕方の広場で最上《もがみ》に呼びかけていた。

「撃てない、もう撃てないの」

「撃たなくていい。でも守るんだ。いいな、重要なものを守るんだ」

誰を守れとは言えない。狼《おおかみ》たちが耳を澄ましているからだ。

最上《もがみ》は仮想の村でも泣いている。彼女を見てこれでよかったのかと思う。あまりに彼女に背負わせすぎた。たとえゲームとはいえ一人にのしかかっている。人狼《じんろう》ゲームにおいて狩人《かりゅうど》はそんな役職だったか?

「夜が来る」

三木原繭《みきはらまゆ》が空を指さす。日が沈む……。

*

whisper of the wolf
またも夜が来た。
狼《おおかみ》が死んだ。
銀の弾丸で頭を撃ち抜かれた狼《おおかみ》は現実で死体となっていた。
狼《おおかみ》は殺す、という村人たちの決意に見えた。
この囁《ささや》きは聞こえないだろうが反論しておく。私たちは何もしていない。
村人は食い殺されたが、狼《おおかみ》たちには殺意はなかったことを……。
残り十二人。

*

人狼《じんろう》ゲームにはセオリーがある。

狼《おおかみ》を探す重要な役職である占い師を守ること。守るのは狩人《かりゅうど》だ。

村人サイドは早い段階で占い師を失えば敗北となる。それはサークルでやった人狼《じんろう》ゲームでもそうだった。

最上《もがみ》はどうしているか。夜になると同時に建物から抜け出し、教会の屋根で待機する。それが最善の行動だ。だが、心の折れた彼女がそう行動するだろうか。

いや、あれでいい。最上《もがみ》に声をかけたあの行動自体が狼《おおかみ》への牽制《けんせい》になる。そして最上《もがみ》に声をかけた高坂《こうさか》自身も襲われる確率が減るのでは、という利己的な打算。

「ああ、俺は違う」

友人だった片桐《かたぎり》と椎名《しいな》を思い出す。彼らは他人のために命を落とした。椎名《しいな》だって怯《おび》える女子をかばわなかったら村に逃げることができたはずだ。

対して自分が考えているのは、ゲームに勝利し生き残ることだけだ。いや、それでもこのゲームの勝利によってクラスメイトを助けることができる。腹をくくってやるしかない……。

壁の隙間から赤い眼《め》が見えた。

ウサギだ。夜が明けたのだ。生き延びたと思った。

『投票を行います』

ウサギが夜明けを知らせに走る。その後、扉がノックされた。安堵《あんど》する気持ちと同時に恐怖が襲う。今日も誰かが死んでいるはずだ……。

「……十二人いる」

繭《まゆ》が人数を数えている。

「ここに十一人。あと最後の扉は開かないけど、扉は閉ざされてるから生きてるよね」

では今日の死者は出なかったということか。──そうか、狩人《かりゅうど》だ。

高坂《こうさか》は最上《もがみ》を振り返った。彼女は何も言わずに立っている。彼女が守ったのだ。どこを守ったのかはわからないが、狩人《かりゅうど》の銃が狼《おおかみ》の牙を退けた。

そのまま皆は現実に戻る。

ログアウトして恐る恐る様子を窺《うかが》うが、そこに死者はいない。

高坂《こうさか》は立ち上がると秋山《あきやま》に近づく。秋山《あきやま》だけがゴーグルを装着したまま座っている。最後の一人に装置のスイッチを使うのは前回同様の流れだった。

「待って」

高坂《こうさか》を制したのは繭《まゆ》だった。

「このまま話したほうがいいんじゃない？　秋山君《あきやま》がいると議論にならないから」

周囲の生徒の同意する雰囲気を察し、高坂《こうさか》は秋山《あきやま》から離れる。思えば冷静に議論をしたことがなかった。やるとしたら死者が出ていないこのタイミングかもしれない。

「確かにそうかもな。冷静にこれからのことを話し合おう」

絶望的な状況には変わりない。それでもほんの一瞬だけ息継ぎをした感じだった。うまくやれば死者が出ないことが判明した。

「私も賛成する。みんなで話し合うっていうのは、どんなときでも基本的なルールだよね」

七瀬《ななせ》はげっそりとやつれていたが、どうにか平静を保っている。

「だから、君が議論を導いて。お願い」

こんなに弱い表情を見せるタイプだっただろうか。この密室では教室で被《かぶ》っていた仮面ははぎ取られる。

「わかったよナナ」

高坂《こうさか》は腹をくくった。できれば議論の中心にはなりたくなかった。人狼《じんろう》ゲームは多く喋《しゃべ》った人間が死ぬゲームという印象があった。だがそんなことを言っている場合ではない。

「俺たちの話し合いが崩壊したのは、二つのことを一緒くたにしてたからだと思う。まずはゲームのことについて。その話し合いはほとんどされていない。生き残るためなら深く掘り下げるべきだ」

舞台の上での議論だった。皆は椅子に座って高坂《こうさか》の話を聞いている。

「でも、生き残るには狼《おおかみ》を排除しなきゃいけない。狼《おおかみ》も私たちの中にいるんでしょ」

繭《まゆ》の発言に高坂《こうさか》はうなずく。

「それがもう一つの議論だ。このゲームに参加しないというのも一つの決断だと思う」

悪意のゲームを拒否すること。人間らしく死ぬという選択だ。

「だったら、まずは狼《おおかみ》が名乗り出るべきじゃない？」

冷たい声は愛沢《あいざわ》だった。狼《おおかみ》を告白した片桐《かたぎり》の恋人だ。

「片桐《かたぎり》君は勇気を出して告白した。でも狼《おおかみ》はまだ残っている。そして私たちクラスメイトを殺し続けている」

「もしも狼《おおかみ》が名乗り出たら……どうします？　勇気を出して狼《おおかみ》が名乗り出たら、私たちはどうするか」

柊木《ひいらぎ》の発言に場が沈黙する。生徒たちの視線は微妙に最上《もがみ》を捉えていた。

「私はもう撃てない」

最上《もがみ》のつぶやきに過敏に反応したのは愛沢《あいざわ》だった。

「じゃあなんで片桐《かたぎり》君は撃てたの！」

「それを言ってもしょうがないよ」立ち上がった繭《まゆ》が愛沢《あいざわ》を制す。「モガも大丈夫だから」

攻撃的な意見は慎まねばならない。狼《おおかみ》をむやみに攻撃すれば、次の夜に襲われることになる。

生き残るための対話をしながら、狼《おおかみ》にとっても生かす利があると思わせねば……。

「私は狼《おおかみ》が名乗り出るとは思わない。だって片桐《かたぎり》君が告白した夜に、赤城《あかぎ》さんと石田《いしだ》君を食い殺した。それは明確な宣戦布告なのだから」

三木原繭《みきはらまゆ》はゲームの議論を望んでいた。狼《おおかみ》が告白し皆でゲームから離脱する、という優しいエンディングを切り捨てたのだ。と、同時に高坂《こうさか》は思う。狼《おおかみ》にはそこまで明確な殺意があったのか。本当に宣戦布告だと切り捨てていいものなのか……。

「ゲームの議論に移っていいと思う。どうするかは、それが終わってからでもいいだろ」

発言者は香川《かがわ》だ。日常と同じく理性的な言動を保っている。

「秋山《あきやま》は、どうする？」

高坂《こうさか》はちらりと秋山《あきやま》を見た。ゲームの議論から外すのはフェアじゃないのではと思った。

「好きにすればいい。あいつは怪しいと思った人間を殴り殺すぐらいするけどな」

香川《かがわ》は腫れた頬に手を触れた。混乱した秋山《あきやま》によって男子のほとんどが暴力を受けていた。

そんな状況ゆえに秋山《あきやま》を起こそうとする生徒はいなかった。

「じゃあ昨日の夜の状況から説明する」

昨日の夜。といっても仮想の夜だ。体感的には二、三時間ぐらいのように思える。

「俺たちは部屋に立てこもって鍵をかけた。狩人《かりゅうど》は部屋から忍び出て、どこかを守った」

「どこを守ったの？」

愛沢《あいざわ》が最上《もがみ》に聞いたが、高坂《こうさか》はそれを止める。

「どこを守ったかは言わないほうがいい。狼《おおかみ》に守るパターンが流出するから」

事実は狩人《かりゅうど》の最上《もがみ》が守ったということだ。狼《おおかみ》の牙を防いだ。

「そして占い師の柊木《ひいらぎ》は隠し通路を使って教会に入った」

発言を受けて柊木《ひいらぎ》が立ち上がった。皆の表情に緊張が走った。

「昨日も占いました。でも誰を占ったかは言わないほうがいいと思う。次は誰を占え、誰が怪しいという議論は時間を削るから」

正論だ。タイムリミットがある以上、誰を占うかは柊木《ひいらぎ》に任せたほうがいいだろう。

「そして昨日占った人は――村人でした」

残念がるよりも安堵《あんど》の空気が大きかった。狼《おおかみ》は見つからない。

同時にゲームは強制的に進行しているのだとわかった。柊木《ひいらぎ》が占い師だとしたら、柊木《ひいらぎ》と繭《まゆ》の無実は確定した。さらに狩人《かりゅうど》の最上《もがみ》。昨日占った人間を除外すれば八人。この中に狼《おおかみ》が潜んでいることになる。

「高坂《こうさか》君、他の役職のことを説明してほしいのだけど」

繭《まゆ》が言う。前にやったときは省いた役職もあった。

「ウサギの話から共有者がいるとわかった。共有者とは二人に与えられ、お互いに相手が村人だとわかるものだ。でも、このゲームでは少し違うのかも。ウサギは役職じゃないと言っていた。つまり、役職者も重ねて得ることができるものかも」

狼《おおかみ》や占い師が共有者となる可能性がある。

「共有者は公開したほうがいい？」

「ケースバイケースだよ」

この段階で名乗り出ていないとなると、村人同士の可能性が高い。

「あとは……」

「ちゃんと言ったほうがいいよ。ネガティブな情報でも」

繭《まゆ》に促され、高坂《こうさか》は続ける。

「裏切り者もしくは狂人。そんな役職が人狼《じんろう》ゲームにはある」

ウサギが口にしなかった役職だ。

「裏切り者は占い師が占っても村人としか出ない。でも、狼《おおかみ》サイドなんだ。狼《おおかみ》側《がわ》が勝ち残るように議論を誘導していく」

生徒たちがぎこちなく視線を交差させる。この中に裏切り者がいるのだろうか。

ウサギの説明がなくとも、人狼《じんろう》ゲームにおいては重要な役職だ。

「とにかく狼《おおかみ》が名乗り出ないなら、これは村の中に潜む狼《おおかみ》を探すゲームとなる」

それも死を賭けたゲーム。通常の人狼《じんろう》ゲームと違うのはリアルな死だ。そして村人サイドが勝ったところで死ねば意味がない。ゲームであれば死んだところで自分の所属するチームが勝てばいい。だが、この密室ではただ死ぬ。

おそらくルールが微妙に改変されているのはそれが理由だ。チームの勝利のための献身的なプレイなど、このゲームではありえない。

……そして議論が止まった。

これ以上は掘り下げられない。狼《おおかみ》は誰か、そして狼《おおかみ》が見つかったとしたら。またも最上《もがみ》の銃で撃つことになるか。だが、その場合狼《おおかみ》の抵抗は？　そしてまたも最上《もがみ》に責任をすべて押しつけるのか。そもそも自分たちはゲームの続行を選択したのか。

重要な部分は話し合われることはない。死にたくないという気持ちはある。しかし、そのためにクラスメイトを殺そうという感情が湧くだろうか。最上《もがみ》だけでなく、片桐《かたぎり》を撃った段階で皆は打ちのめされていた。

それでも考えるべきだ。決断は先延ばしにしてもいい。大事なのは思考を止めないことだ。

高坂《こうさか》は舞台に座る生徒たちを見た。

残り十二人。男子が五人、女子が七人という割合だ。この中に狼《おおかみ》がいるとしたら誰か。まず完全に疑いが晴れているのは、自分自身で村人だとわかっている高坂《こうさか》だけだ。

となると残りの容疑者は十一人。

男子はこうだ。

・香川泰明《かがわやすあき》　授業態度はいたって真面目。テストも常に上位の完全主義者。

・西野雄太《にしのゆうた》　陸上部所属。体育会実行委員でもある。人当たりがよく誠実な性格。

・秋山翔《あきやましょう》　部活の所属はない。団体行動から外れることが多い。
・神崎拓哉《かんざきたくや》　部活の所属はない。秋山《あきやま》とつるんでいることが多い。
この中で怪しい人間を探すには情報不足だ。ただし秋山《あきやま》が狼《おおかみ》であったら危険だ。暴力に訴えログインを阻止されたら狼《おおかみ》の勝利となる。その行動を防ぐには男子の人数の確保が必須となる。

そして女子は七人。
・柊木由希《ひいらぎゆき》　ボードゲームサークル所属。占い師。おそらく真実だろう。
・最上美穂《もがみみほ》　クラス委員長。弓道部所属。狩人《かりゅうど》。
・三木原繭《みきはらまゆ》　クラスの中心人物でありつつ狂犬とも揶揄《やゆ》される。村人との占い結果が出た。
・七瀬瑞乃《ななせみずの》　風紀委員長。水泳部所属。七瀬《ななせ》なのでナナとのあだ名がある。
・愛沢佳那《あいざわかな》　文芸部所属。片桐《かたぎり》の恋人だった。
・小野寺好美《おのでらよしみ》　料理研究会所属。クラスメイトにお菓子を配ってくれる。
・福田《ふくだ》ゆかり　園芸部。とても穏やかな性格という印象。
狩人《かりゅうど》と占い師の役職を得た最上《もがみ》と柊木《ひいらぎ》は容疑者から外れる。そして三木原繭《みきはらまゆ》も狼《おおかみ》の疑いを晴らしている。

残りから狼《おおかみ》を探せというのは難しい。とてもクラスメイトを殺すことなどできやしない。小《お》野寺好美《のでらよしみ》は料理研究会で作ったクッキーをくれたことがある。キレやすい七瀬《ななせ》や狂犬と称される繭《まゆ》とも仲がいい。

福田《ふくだ》ゆかりは中庭の花壇の花を大事にしていた。花壇の花を指さしながら聞けば名前と花言葉を教えてくれる。花言葉のほとんどは間違っていたし、配っていた押し花のしおりのセンスは悪かったが、とても優しい女子だ。そんな彼女たちが狼《おおかみ》を演じられるとは思えない。

……思考が堂々巡りだ。

この異常な空間の中で誰が怪しいなどと言えるわけがない。誰もがパニックになって当然だ。さらに高坂《こうさか》は誰々の所作が怪しいとわかるほど、教室で人間関係を築いていなかった。

それでも思う。これは村人サイドが勝利する。村人に被害が出るだろうとしても狼《おおかみ》は駆逐される。それは占い師を守れるからだ。占い師さえ守れれば狼《おおかみ》はいつか見つかる。

だが本当にそんなに単純なのか？

たとえば狩人《かりゅうど》。最上《もがみ》から詳細を聞いていたが、気になったルールは、狼《おおかみ》が狩人《かりゅうど》を襲う選択をした場合のことだ。狼《おおかみ》と狩人《かりゅうど》の勝敗はランダムになる。ランダムという確率の危険を冒して狩人《かりゅうど》を襲えば狼《おおかみ》が勝利する可能性もある。

そして狩人《かりゅうど》が死んだ場合、狼《おおかみ》を殺す方法も消える。

……本当にそうか？

人狼《じんろう》ゲームにはそのゲームのキーといえるガジェットがあった。それがないわけがない。

「秋山《あきやま》が狼《おおかみ》だったらやばくないか？」

その小さな声は西野《にしの》雄太《ゆうた》だ。

「確かにあんなことされたらVRも使えないかも」と、小野寺好美《おのでらよしみ》が追従する。

沈黙していたが皆も考えていたのだ。そして誰が狼《おおかみ》であるかは結論が出ず、行き着いた思考は、高坂《こうさか》と同じように誰が狼《おおかみ》だったら危険か、だ。

そして他の生徒たちからも意見が出る。それは少しずつ過激になっていった。

「議論を混乱させていた」「行動が怪しかった」「とにかく怖いの」

それらは本人がいない中での裁判だった。

「秋山《あきやま》ってVRの狼《おおかみ》にビビって逃げるような奴《やつ》じゃないんだよな」

その意見は、秋山《あきやま》と関係の近い神崎《かんざき》のものだった。彼はあっさりと友人を切り捨てた。

さらに議論は秋山《あきやま》の日常にまで踏み込まれる。協調性のなかったこと。後輩から金を奪っていたこと。授業妨害をして副担任の女性教師を困らせていたこと。生活指導を担当していた女性教師は、夜遅くまで学校に残っていた……。

擁護の意見は出ない。高坂《こうさか》は違うと思った。秋山《あきやま》が未《いま》だに仮想の村にいる状態で話すべきことではないと。だが、狼《おおかみ》の疑いがある秋山《あきやま》を庇《かば》うことは危険だった。怪しい人間を庇《かば》った人間も怪しい。これはそんな疑心の連鎖ゲームなのだ。

「だとしても、私は撃たない。撃てないの……」

最上《もがみ》が声を絞り出した。先ほどから生徒たちの声に過敏に反応している。

狼《おおかみ》だと告白した片桐《かたぎり》のケースとは違う。疑いで撃つのは一線を越えている。……本当にそうか？　最上《もがみ》は――最上《もがみ》に片桐《かたぎり》を撃たしたときにすでに一線を越えているのでは？

だが、狼《おおかみ》を排除するには他に方法が……。

高坂《こうさか》は柊木《ひいらぎ》の視線に気づいた。先ほどから議論に参加せず、ずっと一点を見つめている。それは彼女が何かに気づいたときの表情だ。その視線の先には秋山《あきやま》がいる。いや、柊木《ひいらぎ》は秋山《あきやま》の足元を見つめていた。

「ああ……」

高坂《こうさか》は必死に漏れる声を押し殺した。

人狼《じんろう》ゲームにはジャッジメントがある。――狼《おおかみ》は誰か。魔女狩りのような裁判だ。

そして疑わしい村人から首を吊《つ》られていく。それは無力な村人の唯一の武器なのだ。村人ごと狼《おおかみ》を殺そうという、自身の身を削《そ》ぎ取《と》る攻撃方法。

高坂《こうさか》たちはずっと勘違いしていた。人狼《じんろう》ゲームの処刑台は最上《もがみ》の銃だと思っていた。いや、最上《もがみ》に押しつけていたのだ。……だが違う、このゲームにも処刑台があった。狼《おおかみ》を炙《あぶ》りだし、すべての村人の責任で狼《おおかみ》を殺す方法が存在した。

――火あぶり。

村にもこの舞台にもあるガジェットは処刑台だった。

高坂《こうさか》は秋山《あきやま》に向き直る。最後の一人が部屋から出られない、妙に迂遠《うえん》なログアウト方法の理由。そして舞台の焚火《たきび》の上に動いていること。様々な違和感のパズルのピースがかちっとはまった感覚だった。

ゲームのルールはこう言っている。――疑わしき者を焼け。

殺せというのか？　……いや違う。秋山《あきやま》はおそらく何もしなければ死ぬ。このまま夜を迎えれば燃えることになる。

この事実に気づいた人間はいるか？　柊木《ひいらぎ》は明らかに気づいている。だが、何も言わないのは場が混乱するとわかっているからだ。そして他には……。

繭《まゆ》と目が合ってしまった。彼女も秋山《あきやま》を見て察したのだ。

時計を見ると危険な時間帯だ。これから処刑システムのことを話し合うには時間がなさすぎる。それに秋山《あきやま》の裁判は続いている。秋山《あきやま》の疑わしい行動は、この密室だけでなく日常の教室にまで及んでいた。

繭《まゆ》は視線を戻した。秋山《あきやま》についての発言を放棄した。

自分はどうすればいい？　柊木《ひいらぎ》も繭《まゆ》も本当に気づいたのかわからない。事実は高坂《こうさか》が気づいたということだけだ。だとしたら言うべきではないか？　このままだと秋山《あきやま》は焼け死ぬと。

もしも秋山《あきやま》が狼《おおかみ》の疑いがあるとしても、はっきりと事実を知らせてから話し合うべきではないのか。皆に選択させるのだ。

……ああ、時間がない。決断を要する議論は必ず延びる。

さらに事実を述べるのは、狼《おおかみ》の疑いのある秋山《あきやま》に味方をするということだ。高坂《こうさか》も狼《おおかみ》だと疑われることになる。いや、それは言い訳ではないか？　決断したくないために言葉で飾っている。自分の本心はどうなんだ。どうしたいのだ……。

「撃つしかないよ」との声は愛沢《あいざわ》だ。

「いや、判明してから撃つべきだ。それは危険すぎる行動だよ」

香川《かがわ》は少しだけ秋山《あきやま》を擁護し、さらに最上《もがみ》が顔を歪《ゆが》める。

「撃てないの。私は……もう撃てない」

「片桐《かたぎり》君を撃ったくせに！」

すでに場が混乱していた。こんな状況で処刑台の説明などできやしない。

「村の中で話し合わない？」

立ち上がったのは七瀬《ななせ》だった。

「混乱してるのはさ、教室とこの密室を一緒にしてるから。村に入って役柄を演じて冷静に話し合ったほうがいいと思うの」

七瀬《ななせ》の表情も疲弊していた。友人が死んだこと、また、それによってお互いを傷つけ合うクラスメイトを見たくないのかもしれない。

高坂《こうさか》は横目で柊木《ひいらぎ》と繭《まゆ》を窺《うかが》う。二人は彼女の意見に異論を唱えない。

村に入れば――秋山《あきやま》は死ぬ。

全員でログインすれば、朝になるまでログアウトができない。だからこそ今言わねばならない。……しかし高坂《こうさか》の口から声が出ない。

代わりに出たのは疑念だった。確かに秋山《あきやま》は怪しい。集団行動を乱す彼がここにいるのはおかしかった。明らかに彼は最初に脱落するべきタイプだ。それをしなかったということは、始めから何かを知っていたのではないか？

それはどろりと生温かい感触だった。

生き残るためには、秋山《あきやま》の存在は危険だ。狼《おおかみ》であっても違ってもだ。あの男の暴力によって密室は別の地獄に変貌する。

高坂《こうさか》は椅子に座った。ほんの一瞬だけ繭《まゆ》がこちらを見た気がした。

すべての生徒たちのシステム作動を確認し――ログイン。

ああ、もう戻れない……。

*

whisper of the wolf
彼は広場の焚火《たきび》の使い方に気づいていた。
そして使い方を公開してくれることを望んでいたのかもしれない。
すべてのプレイヤーにはルールを知る権利がある。

それは彼のサークルでの言葉だったはずだ。

なのに彼は沈黙した。

そのシーンを見て思う。これが分水嶺《ぶんすいれい》になるのかもしれない。

もう後戻りできない……。

残り十二人。

*

高坂《こうさか》は石造りの部屋で立ち尽くしていた。

息苦しさに座っていられず、壁にもたれかかるようにして震えていた。

村へ入ると同時に聞いたのは悲鳴だった。広場からのそれを聞いた瞬間、高坂《こうさか》は何が起こっているか察した。

広場では磔《はりつけ》にされた秋山《あきやま》が燃えていた。

すべての生徒たちはそれを見て石のように固まった。この光景を予感していた高坂《こうさか》でさえもそうだった。仮想の炎の熱をはっきりと感じたのだ。

――熱い。

秋山《あきやま》のうめき声だった。彼はなんで自分が燃えているのかわかっていない。

残酷な光景から皆は目を背ける。だが、これは自分たちがやったことだ。村人たちは狼《おおかみ》の疑いがある村人に襲い掛かり――処刑した。

……違う。進んで処刑したのではない。ただ止めなかっただけだ。秋山《あきやま》は始めから舞台の火の上に座っていた。自分たちはただ何もしなかっただけだ。

高坂《こうさか》はその火を見ながら思った。ここからが本当の始まりだ。プレイヤーたちはすべてのルールを知った。狼《おおかみ》に対抗するには銃ではなくこの火を使え。自分の体を削るように狼《おおかみ》をそぎ落とせ……。

そうだ、これは自分の選択だ。村人の皮を被《かぶ》って潜む狼《おおかみ》を殺すにはこの方法しかない。これは狼《おおかみ》に対するメッセージだ。これ以上村人を殺すなら、こちらも戦う、と。

広場から逃げる生徒たちもいた。

だが、高坂《こうさか》はその火に近づいた。こうなってはもう助けることはできない。最後に聞かなければいけないことがあったからだ。そして秋山《あきやま》の答えはこうだった。

――俺は狼《おおかみ》じゃない。

夜になる前に高坂《こうさか》は広場を後にし建物に立てこもった。

それが夕方の出来事だ。

秋山《あきやま》が狼《おおかみ》じゃないことはあり得る。墓地を使えば確認できることだ。そのときはどうなる？　自分たちは無実の人間を処刑した。魔女狩りのように疑わしいというだけで燃やしたのだ。いや、死んだとは限らない。これは人狼《じんろう》ゲームのルールとは若干のずれがある。

高坂《こうさか》は首を振る。受け入れろ。先ほどから思考が堂々巡りではないか。

この夜が怖い。だが、夜が明けるのも怖かった。朝が来れば現実に戻り冷たい言葉を交わさねばならない。そうならないためには秋山《あきやま》が狼《おおかみ》である必要がある。

……狼《おおかみ》は何匹だ？

残りは何匹なのか。あと一匹殺して終わるのか。今日の夜はとても長く感じる……。

……ウサギが来た。夜が明けたのだ。投票を終えて待つ。しかしいつまでたってもノックされない。まさか今から狼《おおかみ》に襲われることがあるのか？

そのとき、高坂《こうさか》の視界がぐらりと揺れた。ちかちかと光が明滅し、耳鳴りが始まった。

体の自由が利《き》かない。まさか狼《おおかみ》の襲撃か……。

「……高坂《こうさか》」

遠くから声が聞こえた。そしていつの間にか自分が座っていることに気づいた。ここはどこだ？　部屋の中？　……いや違う。

「高坂《こうさか》」

ゴーグル越しに七瀬《ななせ》が見えた。高坂《こうさか》は急いでＶＲ装置を外して立ち上がる。足元を見て息をのんだ。自分は火のマークの上に座っていた。周囲の生徒たちが微妙に視線を逸《そ》らしている。

それを見て気づいた。自分は部屋をノックされた最後だったのだ。

「秋山《あきやま》は？」

聞いた瞬間に見えた。すぐ背後に秋山《あきやま》が力なく座っている。

……死んでいる。座り方を見てすぐにそう理解した。

そしてこのゲームが終わっていないということは、秋山《あきやま》はやはり狼《おおかみ》ではなかった。いや、狼《おおかみ》だったとしてもその仲間が生き残っている。

「見ないほうがいい」

七瀬《ななせ》がじっと秋山《あきやま》の死体を見つめていた。

「私たちがこうしたんだよね」

「違う、そうじゃない」

「違わないよ」

七瀬《ななせ》がぼろぼろと涙を流した。彼女の涙を見るのは教室を含めて初めてだった。

……いや、一回だけ見たことがある。この学校に入学し驚いたのは生徒に対する締めつけの厳しさだった。下着の色まで指定される校則に女子たちが苦しんでいたとき、七瀬《ななせ》がやったことは教師への攻撃だ。

一年時の生活指導の教師は中年男性だったが、彼はついに胃潰瘍で入院した。その代償として七瀬《ななせ》は爆発物などと揶揄《やゆ》され孤立してしまった。屋上でぼんやりと佇《たたず》む彼女を見たことがあった。この女にも涙が流れるのかと驚いた高坂《こうさか》は、缶コーヒーをおごってやった。そんな何気ない日常生活の一コマ……。

「……高坂《こうさか》？」

高坂《こうさか》は七瀬《ななせ》を抱き支えてやった。彼女に同情したのではなかった。誰かにつかまっていないと立っていられなかった。体が震えていた。自分は燃やされかけた。秋山《あきやま》のように処刑される寸前だった。

これは秋山《あきやま》を火あぶりにした罪だ。もしも七瀬《ななせ》に起こされなかったら、高坂《こうさか》をログアウトさせる選択を誰もしなかったら、高坂《こうさか》は秋山《あきやま》のように死んでいたことになる。

殺意は跳ね返ってくる。狼《おおかみ》の疑いがあるから排除しよう。そんな疑念は大きくなるばかりだ。そして自分自身にも向けられる。これはやってはいけないことだった。

「今なら戻れるかな」

胸の中で七瀬《ななせ》の声が聞こえた。戻っていいのだろうか。あのとき秋山《あきやま》をほんの少し押すだけでよかった。たったそれだけのことをしなかった自分たちは引き返せるのか……。

「まず秋山《あきやま》君を運ぼう。そして確認しないと」

繭《まゆ》の言葉は続行だった。この女は氷でできているのか……。

「その必要はない。秋山《あきやま》は狼《おおかみ》じゃないから」

高坂《こうさか》は七瀬《ななせ》を抱き支えたまま振り向いた。それは香川《かがわ》の発言だった。

発言の意図がわからなかった。何故《なぜ》、香川《かがわ》は皆を追い詰めるようなことを言いだしたのか。

狼《おおかみ》じゃない可能性が高いにしても、それはうやむやにするべき事実なのに。

「秋山《あきやま》の役職は裏切り者だった」

ごくりと唾を飲み込んだ。香川《かがわ》は庇《かば》っているのだと思った。泣きじゃくる七瀬《ななせ》や凍りつくクラスメイトの罪を薄めようとしている。……香川《かがわ》はそんな人間だったろうか。いつでも希望的な言動はしなかった。淡々と事実を受け入れ打開策を考える人間だ。

だとしたら香川《かがわ》は秋山《あきやま》の役職を何かで知ったのだ。その何かとは……。

「言うべきかずっと迷っていた。でも、このままだと危険だと思った」

「まさか……」

高坂《こうさか》は息をのむ。七瀬《ななせ》も察したのか真っ青な顔を香川《かがわ》に向けている。

「俺は占い師だ」

二人目の占い師の登場。これもある意味人狼《じんろう》ゲームのセオリー。そして彼は柊木由希《ひいらぎゆき》を指さした。

「狼《おおかみ》を見つけている。狼《おおかみ》は――彼女だ」

*

墓地を調べたところ、結果的に秋山《あきやま》は村人と判定されていた。

問題は墓地で裏切り者、もしくは狂人がわかるのかどうか。まず裏切り者、もしくは狂人という役職があるのかも不明だ。だが、香川《かがわ》ははっきりと秋山《あきやま》を裏切り者だと言った。

だがそんなことは些細《ささい》な問題だった。

二人の占い師。

そしてもう一つの事実は、どちらかが狼《おおかみ》であるということだ。二匹目の狼《おおかみ》が尻尾《しっぽ》を現したのだ。それも最悪の状況で……。

舞台には二人の占い師が距離を置いて立っている。生徒たちは真実がわからないまま、二人の言葉に耳を傾けるしかなかった。

「占い師として、ここまで俺は三回教会に行く機会があった」

香川《かがわ》が発言している。拒絶したい光景だった。だが目を逸《そ》らすことも耳をふさぐこともできない。どちらかが必ず嘘《うそ》を言っている。聞き逃してはならない。

「最初に調べたのは秋山《あきやま》だった。そこで裏切り者という役職であると知った」

そのときの状況ではまだ人狼《じんろう》ゲームそのものに懐疑的であったこと。また、朝に柊木《ひいらぎ》が占い師と告白したことで、いっそう混乱したという。

「だから次の夜に柊木《ひいらぎ》を調べた。――狼《おおかみ》だった」

行動の筋は通っている。だが、香川《かがわ》が狼《おおかみ》であってもそう言うはずだ。

「本来だったらそのときに手を挙げるべきだった。でも、柊木《ひいらぎ》の意図を知りたかったから言わなかった」

柊木《ひいらぎ》が狼《おおかみ》だと疑われれば、その危険は三木原繭《みきはらまゆ》にも及ぶ。柊木《ひいらぎ》が真っ先に彼女の疑いを晴らしたからだ。疑わしき者は吊《つ》れ。人狼《じんろう》ゲームはそんなゲームだ。

「三人目は誰を占ったのか、聞いてもいいかな」

その繭《まゆ》が挙手をした。

「三人目は、三木原《みきはら》さんだ。理由は柊木《ひいらぎ》が最初に村人だと断言したから。そして個人的にも怪しいと思ったし、経験者でもある彼女が狼《おおかみ》だったら危険だと思ったから」

占った理由も理性的だ。いや、重要なのは――。

「村人だった」

生徒たちの視線が繭《まゆ》に集まった。ここで彼女は二人の占い師から村人のお墨付きをもらったこととなった。占い師のどちらかが狼《おおかみ》であったとしても、三木原繭《みきはらまゆ》の村人は確定する。

「そもそも、占い師は裏切り者を占えるのかな？」

繭《まゆ》が高坂《こうさか》に向く。村人だと判定されたことで、やはり繭《まゆ》が議論の中心になる。

「人狼《じんろう》ゲームでの判定は裏切り者を占っても村人と出る。でもこのゲームではわからない。ルールが微妙に改変されている。それに裏切り者もしくは狂人、その役職については情報が少なすぎる、というより出ていない」

本当に存在しているのかもわからない。それでも香川《かがわ》の発言は生徒たちにとって救いであることは確かだ。処刑した秋山《あきやま》は狼《おおかみ》ではなかった。だが、裏切り者という狼《おおかみ》に準ずるものであれば罪悪感は軽減される。

「柊木《ひいらぎ》さんは、占った他の二人を言える？」

繭《まゆ》の質問に柊木《ひいらぎ》が首を振る。

「言えることは、占った二人は村人だったということだけ。これ以上村人を増やしても混乱するという私の考えは変わらない。……それに狼《おおかみ》はもう見つかった」

柊木《ひいらぎ》はちらりと香川《かがわ》を見た。彼女も引く様子はない。どちらかが占い師でどちらかが狼《おおかみ》。そして尻尾《しっぽ》を出した時点で燃やされることも確実だ。

「もしも私が狼《おおかみ》だとしたら、序盤に占い師を騙《かた》るリスクは冒さない」

「柊木《ひいらぎ》は経験者だよな」

柊木《ひいらぎ》と香川《かがわ》がお互いに刃《やいば》を向け始めた。

「だからこそ。ベースとなった人狼《じんろう》ゲームとルールのずれがあることがわかった。軽率な行動は墓穴を掘る可能性が高い。占い師を騙《かた》るなんてボロが出る」

「占い師を公開した理由は？」

「みんなに選択を与えたかった。不条理な出来事だけど、ルールがあるゲームだと。そのためには占い師である私が声を上げるべきだと思った」

彼女の言うことは正しい。それでも高坂《こうさか》は思う。『もしも私が狼《おおかみ》だとしたら、序盤に占い師を騙《かた》るリスクは冒さない』と言った、彼女の言葉は間違っている。彼女が狼《おおかみ》だとしたら、まずその序盤に動く可能性が高い。ゲームをコントロールするために何かをする積極的な人間なのだ。

「狼《おおかみ》を判別する方法は？」と、繭《まゆ》が耳打ちしてくる。

「この時点ではない。だけど、どっちかが狼《おおかみ》に食い殺されればわかる」

残った占い師は狼《おおかみ》だ。だが、その時点でほぼ村人側の敗北が決定しているはずだ。占い師を騙《かた》ったことから、残りの狼《おおかみ》はおそらく一匹ではないと推測される。

「そして狼《おおかみ》がわかったとしても、ここでは追いつめちゃいけない」

狼《おおかみ》を暴《あば》くのは村でやるべきだ。でないと物理的にログインを邪魔される恐れがある。と、高《こう》坂《さか》は自分の思考が処刑する前提であることに気づいた。すでに一人疑わしき者を処刑した。ただ見過ごしただけであってもあれは自分の意思だったのだ。

「柊木《ひいらぎ》の行動は本当の占い師を牽制《けんせい》する意味があったんじゃないか？　現に俺は先に言われて固まった。何が起こっているかわからなかった。普通の人間ならそうなる」

香川《かがわ》の追及は続き、柊木《ひいらぎ》もそれを受け止める。

「さっき言った以上の理由はないの。だって教室の私はどうだった？　目立たないなんのとりえもない生徒だった。でも香川《かがわ》君は違う。あなたがもし占い師だとしたら、きっとあなたは先に言ったはず。そんな理知的な人間だから」

——柊木《ひいらぎ》は占い師ではないのでは？

そんな予感がした。なんの確証もないことだ。だが嘘《うそ》をついているような気がする。

ということは必然的に彼女は狼《おおかみ》か。……いや、そんなあやふやなことで決めてはまずい。恐怖や疑心で今の自分の目は曇っているはずだ。頼れるのは理性だけ。狼《おおかみ》を倒すには論理の剣が必要だ。

「時間が迫ってるわ。あと少しで村に移動しましょ」

繭《まゆ》が立ち上がった。確かにこれ以上の議論は意味がなかった。

「じゃあ最後に」香川《かがわ》が生徒たちに向き直る。「今になって公開した、俺の行動はもしかしたら間違っていたかもしれない。でも俺はこれで戦う決意ができた。この人狼《じんろう》ゲームに必ず勝利して生き残る。だからみんなは俺を信じてほしい。──俺は狼《おおかみ》じゃない」

香川《かがわ》は椅子に座った。間をおいて柊木《ひいらぎ》が発言する。

「私たちの中に潜む狼《おおかみ》に告ぐ。これ以上罪を重ねる前に出てきなさい。出てこなくとも、必ずいつかは判明するのだから」

柊木《ひいらぎ》の攻撃的な発言だった。

「そして私が狼《おおかみ》でないことは真実」

声も表情も乱れがなかった。嘘《うそ》をついているとは思えない。

……狼《おおかみ》はどちらだ。

疑惑を抱え込んだまま生徒たちは──狼《おおかみ》の潜む村へ。

＊

whisper of the wolf

狼《おおかみ》の疑いのある村人が焼き殺された。それは間違いなく村人たちの選択だ。

死ぬのは怖い。焼き殺されるのは怖い。

何より怖いのは狼《おおかみ》だと知られることだ。

クラスメイトを殺した殺戮者《さつりくしゃ》として処分されるならば、その前に……。

残り十一人。

＊

「教会は守らなくていい。重要と思われる部屋を守って」

村の広場だった。目の前で火が燃えている。

「そしてもしも私が死んだら狼《おおかみ》が決定する」

柊木《ひいらぎ》が最上《もがみ》に声をかけている。

「でも、私……」

「大丈夫よ、ずっとモガは狼《おおかみ》の牙から守ってきたじゃない」

繭《まゆ》がそう言って最上《もがみ》を抱きしめている。利他的な美しいシーンだ。だが、高坂《こうさか》は穿《うが》った目で見てしまった。柊木《ひいらぎ》は守らなくていいと最上《もがみ》を脅している。占い師が死ぬ可能性があると。そして怯《おび》える最上《もがみ》を抱きしめる繭《まゆ》の演技。私は狩人《かりゅうど》に守られる可能性があるという狼《おおかみ》へのアピール。

……ああ、汚れた。その思考は高坂《こうさか》の汚染された心そのものだ。

だが、ここまで村人の人数が維持できていたのは最上《もがみ》のおかげだ。彼女は的確に守備をして狼《おおかみ》を撃退した。昨日の夜も一昨日《おととい》の夜も。そしてこのまま時が進めば勝利する。これは情報ゲームだ。どちらが嘘《うそ》をついているかは多くの情報が集まればたやすく判明する。

ふと高坂《こうさか》は微妙な距離に気づいた。寄り添うように固まっていた生徒たちが広がっている。

その原因は占い師だった。

今までは柊木《ひいらぎ》が中心だった。それは人間性でなく単純に役職のためだ。たった一人の占い師である柊木《ひいらぎ》は村人たちの唯一の希望だった。それゆえまとまっていた。だが、そこにもう一人の占い師が出現した。香川《かがわ》のそばには日頃から親しい関係だった西野《にしの》や福田《ふくだ》の姿がある。さらにどっちが本物かはかりかね、距離を置く生徒たちもいる。

「……とにかく建物に入ろう」

高坂《こうさか》は皆を促した。追いつめられているのは狼《おおかみ》サイドだ。柊木《ひいらぎ》か香川《かがわ》か、どちらが狼《おおかみ》かはわからない。だが尻尾《しっぽ》は出した。そして占い師を騙《かた》る狼《おおかみ》が庇《かば》った人間も狼《おおかみ》となる。

高坂《こうさか》は夕暮れの空を見た。教会の輪郭が見える。この日の夜、果たしてどちらが教会で神に祈るのか。

「そうね、入ろう。どっちが本物か、なんて結論は出ないから」

繭《まゆ》の呼びかけに皆は思い思いの扉を開ける。狼《おおかみ》はどの扉に誰がいるのかわかるのだろうか。だとしたらできるだけ後に部屋を選んだほうが……。いや、目立った行動を取ってはいけない。この村では足並みを乱せば秋山《あきやま》のようになる。

高坂《こうさか》は扉を閉めた。そして——夜。

村人たちは扉に鍵をかけて朝を願う。狩人《かりゅうど》は屋根に潜み闇から守る。占い師は教会で夜通し祈り続ける。そして狼《おおかみ》は闇に潜む……。

村人たちは問題解決を先延ばしにした。本来ならもっと突っ込んだ議論をするべきではなかったか？　村の広場で狼《おおかみ》を炙《あぶ》りだす対話は最後まで行われなかった。

狼《おおかみ》が判明したとしてどうするか。火あぶりか銃殺か。

二つの選択肢のうち即効性があるのが銃殺だ。最上《もがみ》が片桐《かたぎり》のように銃で撃つ。片桐《かたぎり》のように……。未《いま》だに現実感がなかった。現実の片桐《かたぎり》の死と、最上《もがみ》の放った弾丸が関連づけられない。

だが、最上《もがみ》は撃ったのだ。貫いた弾丸と片桐《かたぎり》の死が繫《つな》がっている。

——もう撃てない。

最上《もがみ》の心からの叫びだ。これ以上彼女に負担をかけるのは無理かもしれない。

と、高坂《こうさか》は違和感を持った。最上《もがみ》はクラスメイトのために狼《おおかみ》を撃つ決意をした。だが、もう撃てないと。あの取り乱し方には別の意味があるように思えてならない。本来なら公開してはいけない狩人《かりゅうど》という役職。何か秘密が隠されているのではないか？

そもそもこのルールだとバランスが悪い。もしも冷酷で利己的な人間が狩人《かりゅうど》の配役を持ったとしたら、狼《おおかみ》の疑いのある村人を片っ端から撃つことになる。そしてゲームは崩壊する。

このゲームは狩人《かりゅうど》が強すぎる。

ゲーム制作サイドからするとこの役職はゲームの穴だ。何らかのペナルティが与えられてもいいはずだ。それが最上《もがみ》の疲弊に関係しているとしたら。

とにかく最上《もがみ》が守るしかない。そして狼《おおかみ》を炙《あぶ》りだす。香川《かがわ》であっても柊木《ひいらぎ》であっても、狼《おおかみ》は排除しなければならない。

……できるのだろうか。いや考えるな。そんな覚悟よりも狼《おおかみ》を見つけることが先決だ。まずこのゲームに勝たなければならない。選択肢を得るには勝つことだ。

高坂《こうさか》は閂《かんぬき》をかけた扉を見る。狼《おおかみ》が扉を開ければその時点で高坂《こうさか》は死ぬ。たとえ村人サイドが勝利しようとも関係がない。まずは自分の生存だ。とにかく朝を迎えなければすべては終わる。

ノックの音が聞こえた。

……ウサギだった。今日の夜も生き延びた。

投票を終え、しばらく待つと扉がノックされた。高坂《こうさか》の扉を開けたのは繭《まゆ》だった。

彼女は青ざめていた。朝を迎えた安堵感《あんどかん》はなかった。外に出ると彼女以外の人影はない。生徒たちの信頼を集めたのは二人の占い師ではなく、村人の繭《まゆ》だった。

石畳に出た高坂《こうさか》は絶句する。そこには今までにない光景があった。

見たのは壊された扉だった。

「どういうことだ？」

扉が壊されたということは今までになかった。

「神崎《かんざき》君の入っていた部屋よ」

神崎拓哉《かんざきたくや》だ。秋山《あきやま》とつるんでいた不良っぽい生徒だ。だが彼は秋山《あきやま》を見捨てた。火あぶりにされている秋山《あきやま》に手を差し伸べることはしなかった。

「まだ見てない。怖かったから」

「怖い？　三木原繭《みきはらまゆ》が？」

「私はか弱い女の子よ」

繭《まゆ》がギュッと高坂《こうさか》の腕をつかんでいる。

「神崎《かんざき》？」

声をかけたが反応がない。いや、すでにわかっていた。この扉は狼《おおかみ》にこじ開けられた。

部屋の中は血まみれだった。そして食いちぎられた神崎《かんざき》の死体。昨日の夜、狩人《かりゅうど》は村人を守れなかった……。

死体を見た繭《まゆ》が高坂《こうさか》に抱きつき悲鳴を上げる。

＊

現実の密室空間は沈黙していた。

残り十人。クラスメイトの大半は死に、自らの死も現実的になってきた。

十人は舞台の椅子にぐったりと座っている。火のマークの上には人はいない。最後に残った生徒のＶＲ装置は外したからだ。

高坂《こうさか》は痛む頭で考える。結果は単純だ。狩人《かりゅうど》の防衛をかいくぐり狼《おおかみ》が村人を襲った。それだけのことだ。そして神崎《かんざき》は狼《おおかみ》ではなく村人だった。

そして占い師の啓示。四回目の占いは繭《まゆ》の意思が入っている。二人の占い師は彼女と相談して占う人間を決め、結果的に狼《おおかみ》は見つからなかった。占い対象の公開はなしだった。

どちらが本当の占い師か。

柊木《ひいらぎ》が占い師ならば、四回の占うチャンスを外したことは責められるべきだ。見つけられないのは柊木《ひいらぎ》自身が狼《おおかみ》だからでは？　という疑問がつきまとう。

香川《かがわ》は占い師として表向きは成果を挙げている。秋山《あきやま》を裏切り者と公言したこと。さらに柊《ひい》木《らぎ》を狼《おおかみ》だと名指した。ただし遅れて占い師だと告白したことはやはり怪しい。

この二人のうち、どちらが信用できるか、それは明らかだった。

この朝、取り残されたのは柊木《ひいらぎ》だった。火あぶりにするために残したわけではない。ただ、なんとなくノックが最後になったのだ。それは村人たちに生じた疑心が原因だ。

「柊木《ひいらぎ》さんは本当に占ってるのか？」

柊木《ひいらぎ》を責める声は西野雄太《にしのゆうた》だ。西野《にしの》はいつでもクラスメイトの人間関係に気を遣うタイプだった。他人を喜ばせることが好きで、放課後に学校のプールを借りてのナイトプールなどのイベント企画を立てたことを覚えている。

夜のプールは気持ちよかった。西野《にしの》に聞くとたまに夜のプールに忍び込んで泳いでいるらしい。プールのフェンスに穴が開いている場所があるとのことだ。

『小さな穴だったけど俺たちが広げたんだ。いつでも使っていいぜ。でも、ナナには内緒だからな』と西野《にしの》は無邪気に笑っていた。

そんな人懐《ひとなつ》っこい男子は明確に香川《かがわ》を支持していた。

残り十人の内訳は、男子が三人、女子が七人。おかしくはないが、狼《おおかみ》はやはり危険な男子から減らしているのではないか。昨日の時点で誰が一番力があるかと言ったら神崎《かんざき》だった。この密室での暴力はゲームを崩壊させる一要因だ。狼《おおかみ》がそれを防いだとしたら。

「誰を占ったかは、狼《おおかみ》が見つかるまで公言しないほうがいいというセオリーなの。だから変えることはない」

柊木《ひいらぎ》はきっぱりと言う。確かにセオリーの一つであるが、おそらく柊木《ひいらぎ》は自分だけが情報を握っているという事実がほしいのだ。それを盾に狩人《かりゅうど》に守ってもらう。いや、それは考えすぎだろうか。

「柊木《ひいらぎ》の行動はあまりに不自然だ。ボロが出ないようにしているとしか思えない」

香川《かがわ》も追及する。これは単なる議論ではない。どちらが処刑されるかという公開弁論。

今日は処刑は行われなかった。だが、いつかはどちらかを燃やすときが来る。そのときのために支持を集めておきたい。

「確かに香川《かがわ》君の行動は不自然ではない。だからこそ怪しいの」

柊木《ひいらぎ》は臆さない。ここで折れれば処刑されることを知っている。

「香川《かがわ》君は狼《おおかみ》を見つけたというけど、それは私を狼《おおかみ》とするしかなかったから。そして繭《まゆ》ちゃんを村人としたのは、私の占い結果があったから。香川《かがわ》君は私が占い師だと知っている。だからこそ私の占い結果に頼った」

「それは違う。三木原《みきはら》は占いの結果により村人だとわかった。……それに、狼《おおかみ》でも占い師でも村人だけはわかるんだ。この議論は無駄だよな」

香川《かがわ》の言うとおりだ。たとえ柊木《ひいらぎ》が占い師でなくとも、繭《まゆ》の占い結果はギャンブルをする必要がない。人狼《じんろう》ゲームでは基本的に狼《おおかみ》どうしで会話できる。このゲームもそうだとすれば、狼《おおかみ》は仲間の狼《おおかみ》が誰であるか、そして副次的に村人も確認できる。

「そして秋山《あきやま》君を裏切り者としたのは明らかに甘言。罪悪感を持った村人はその言葉に頼りたがる。でも、それは狼《おおかみ》の囁《ささや》き」

「柊木《ひいらぎ》が狼《おおかみ》だからそう言っているだけだ」

柊木《ひいらぎ》と香川《かがわ》の議論は堂々巡りだ。どちらかが決定的なミスをしない限り狼《おおかみ》は判明しない。そしてこの二人がミスをするようには思えなかった。だとしたら問題解決には別の要素が必要だ。何か違和感がなかったか。狼《おおかみ》が残したヒントはないか……。

神崎《かんざき》は眠るように死んでいたが、仮想の村では血まみれだった。手足を食いちぎられた残酷な死体が転がっていた。その前に食い殺された赤城《あかぎ》や石田《いしだ》もそうだ。体をずたずたに食いちぎられ、皆はその死体から目を背けた。もっと調べるべきだったか。だが、仮想の死体とはいえ死者を冒瀆《ぼうとく》するような気がしてできなかった。

狼《おおかみ》が殺した生徒は十六人。村で襲われたケースに絞ってみると、前園《まえぞの》、赤城《あかぎ》、石田《いしだ》、神崎《かんざき》となる。

思い返してみるとその四人の死に方は違った。まず前園《まえぞの》は扉が閉まっていた。何故《なぜ》閉まっていたのか。赤城《あかぎ》と石田《いしだ》と神崎《かんざき》は扉が開いていたが、それも異なる。扉が開いた赤城《あかぎ》と石田《いしだ》に対し、神崎《かんざき》の扉は破られていた。

単なるイメージで意味がないのだろうか。いや、そんなはずはない。では三人の違いは何なのか。高坂《こうさか》は一つの仮説を思い立った。

……もしかして赤城《あかぎ》と石田《いしだ》は鍵をかけ忘れたのでは？

赤城《あかぎ》と石田《いしだ》が死んだのは片桐《かたぎり》が撃たれた日だ。狼《おおかみ》が判明し、これでゲームが終わりだと思い込んでしまった日。そんな緩みと、片桐《かたぎり》を撃ち殺すというショッキングな出来事で、赤城《あかぎ》と石《いし》田《だ》はただ扉を閉めただけの可能性がある。

当然、そうなれば二人は優先的に狼《おおかみ》に食い殺される。バスにとどまった生徒たちのようにミスをしたのだから。

だとしたら神崎《かんざき》のケースはどうなる？　狼《おおかみ》は扉を破ってまで襲った。

そこまで考えてぞっとする。これは狼《おおかみ》の意思の有無では？　人狼《じんろう》ゲームは狼《おおかみ》が攻撃対象を選べる。赤城《あかぎ》と石田《いしだ》は選ぶ必要がなかったが、神崎《かんざき》は選んだ。それは明確な狼《おおかみ》の殺意……。

いいや、待て。だとしたら前園《まえぞの》はなんで扉が閉まったまま死んでいた？

結論が出ない。三つの死体の違いはなんなのだ？　前園《まえぞの》の顔が頭に浮かんだ。何故《なぜ》か彼のデスマスクが頭に焼きついている。親しかった片桐《かたぎり》や椎名《しいな》よりも前園《まえぞの》の顔が気になるのは、あの前園《まえぞの》の苦し気な顔のせいか……。

「なんで守ってあげなかったの？」

声に高坂《こうさか》は密室に引き戻された。見たのは愛沢《あいざわ》が最上《もがみ》を責めているシーンだった。

「神崎《かんざき》君を守れるのは狩人《かりゅうど》の最上《もがみ》さんだけでしょ」

愛沢《あいざわ》は涙をぬぐっている。死んだ神崎《かんざき》のために泣いていた。

高坂《こうさか》は彼女の涙を何回も見たことがあった。いつも片桐《かたぎり》の隣で笑顔を見せていたが、合唱大会で負けたり悲しい映画を見れば自然に泣ける女の子だ。

対して最上《もがみ》は反論せずにうつむいている。そんな光景も教室にあったものだ。最上《もがみ》はクラス委員長として、すべての生徒たちの不満を受け止め呑《の》み込《こ》んでいた。彼女はいつも穏やかに微笑《ほほえ》んでいるから、そうしてもいいと思っていた。そして彼女はこの密室でも耐えている。

昨日の夜に神崎《かんざき》を守れというのは酷だ。狼《おおかみ》が狙った村人をピンポイントで当てることなど不可能だからだ。

「何か言いなさいよ。自分だけが安全だからって議論にも参加しないの？」

「やめろよ、委員長に言ってもしょうがないだろ」

止めたのは西野《にしの》だ。彼は身じろぎしない最上《もがみ》に近づく。

「気にすることはないよ。委員長の責任じゃないんだから」

「そうだよ、ちゃんと守りたい人を守ってくれればいいから」

さらに福田《ふくだ》ゆかりがフォローする。最上《もがみ》を元気づける西野《にしの》や福田《ふくだ》の顔を見て、高坂《こうさか》は吐き気に襲われた。媚《こ》びた表情だった。それを見てわかった。最上《もがみ》に守ってもらいたいために媚《こ》びを売っている。それは感情的に責める愛沢《あいざわ》よりも醜く高坂《こうさか》の目に映った。

「私はもう撃てないの……」

最上《もがみ》の顔はげっそりとやつれていた。彼女は人間の醜い感情に直《じか》に触れ、ぶっ壊れてしまったのだろうか。ここは密室なのか村なのか。自分は村人なのか生徒なのか。頭が混乱しておかしくなりそうだ……。

「あまりモガに背負わせないほうがいいよ」

繭《まゆ》が最上《もがみ》を庇《かば》うと、すぐに愛沢《あいざわ》が反論した。

「でも、そんなことを言っていたらいつまでも終わらないじゃない」

「じゃあ、まずそのことについて話し合う？　ちゃんと狼《おおかみ》と戦うって。私たちの中にいる狼《おおかみ》を炙《あぶ》りだして……殺すって」

繭《まゆ》の発言に場が沈黙した。あまりにデリケートすぎるこの議題は、今まで皆が目を逸《そ》らし続《つづ》けてきたものだった。

――狼《おおかみ》を殺す。

そんな発言をすれば狼《おおかみ》に目をつけられ襲われる。そんな恐怖が皆を沈黙させている。

これは人狼《じんろう》ゲームとは違う。リアルな死という要素があるだけでゲームはまったく違うものに変貌してしまう。常に喉元に狼《おおかみ》の牙がある。そんな状況で話し合いなど……。

「やるべきだよ」

その声は七瀬《ななせ》だった。

「狼《おおかみ》はやる気になっている。扉を蹴破ってまで殺したのは狼《おおかみ》の意思表示。だからみんなも腹をくるべき。私はもう決心した。生き残るために戦うって。これがゲームなのだとしたら、私はどんなことをしても勝つ」

これは宣戦布告だ。クラスメイトと殺し合いをするという宣言。

「私たちは与えられたルールを甘受するしかない。学校でもずっとそうだったでしょ。だからみんなも覚悟を決めて」

七瀬《ななせ》は何かを吹っ切ったような表情だった。

「そしてこの中に潜む狼《おおかみ》を探し——後悔させる」

*

whisper of the wolf
何かがおかしい。
この村にいるのは村人側と狼側《おおかみがわ》だけではなかったのか。
だとしたら、あれはなんなのだ？
狼《おおかみ》の皮を被《かぶ》って動いた者は誰だ？
もしもこの村に、村人でも狼《おおかみ》でもない存在がいるとしたら……。
残り十人。

*

閂《かんぬき》をかけた扉が見える。狼《おおかみ》の標的になればこの扉では防げない。

高坂《こうさか》は怯《おび》えていた。序盤は漠然とした死だった。だが、明確な殺意、そしてその殺意の主がクラスメイトであること。

……狼《おおかみ》は誰だ？

この扉を蹴破るのは香川《かがわ》か柊木《ひいらぎ》か。それとも別にいるのか。

狼《おおかみ》が柊木《ひいらぎ》だとしたら、彼女はあっさりと高坂《こうさか》を殺すだろう。このゲームはおしとやかなボードゲームとは違うのだ。サークルの関係を持ちだし命乞いするには、それはあまりに薄っぺらいものだ。

香川《かがわ》はどうだろうか。確かに頭脳明晰《ずのうめいせき》で決断力のある人間だ。だが、片桐《かたぎり》が狼《おおかみ》を告白した日にクラスメイトを襲えるほどの冷酷さと度胸はあるだろうか。

そう考えると狼《おおかみ》は柊木《ひいらぎ》となる。

だが殺せない。高坂《こうさか》は日常で柊木《ひいらぎ》に触れすぎた。ゲーム越しに多くの言葉と笑顔を交換した。あのサークルのゲームは退屈な学校生活の中でとてもスリリングでいい思い出だった。あの彼女の笑顔がどうしても邪魔をする。柊木《ひいらぎ》を疑いきれない最後の砦《とりで》だ……。

ああ、ゲームに徹しきれない。こんなときに思い浮かぶのはクラスメイトの笑顔だ。この密室で失われたまぶしいほどの時間。もう戻れない……。

ウサギの声が聞こえた。今日も朝を迎えられた。

投票を行ったが、しばらく待ってもノックはされない。またも最後にされたというのか。このまま自分は火あぶりにされる可能性もある。自分だけが大丈夫なはずはない。秋山《あきやま》を燃やしたように、自分も処刑されるのだ……。

「……はっ」

扉のきしむ音が聞こえた。振り向くといつの間にか閂《かんぬき》が外れている。

鈍い音を立てて扉が開いた。扉の向こうには……。

高坂《こうさか》は目を閉じる。朝日が部屋に差し込んだ。おそらく高坂《こうさか》は一番目に選ばれたのだろう。

高坂《こうさか》は鉛のように重い体を動かし外に出る。安堵《あんど》のあとには重々しい罪悪感が発生する。自分が生き残ったということは、死んだ人間が出たということだ。

見えたのは破壊された扉だった。この夜も狼《おおかみ》は村人を襲撃した。

壊れた扉に近づく。あの部屋の住人は誰だったか……。

「ああ……」

高坂《こうさか》はうめいた。破壊された扉のすぐそばに血まみれの女子が座っていた。ロングヘアーの彼女は三木原《みきはら》繭《まゆ》だった。あの美しくも獰猛《どうもう》な彼女が死んでしまった。

走馬灯《そうまとう》のように記憶がよみがえる。気難しく扱いづらい繭《まゆ》は群れなかったが、思えばよくボードゲームサークルに顔を出していた。整った顔つきから、性格を知らない男子からの告白をよく受けていた。そんな自慢をされたから知っている。すべて断ったから安心して、などと冗談めかして笑っていた。彼女と一緒に過ごした時間は悪くなかった……。

高坂《こうさか》は扉の前で膝をつく。

＊

その後の記憶は定《さだ》かではない。

高坂《こうさか》は近くの扉をノックして生徒たちを解放した。皆は壊れた扉から微妙に視線を逸《そ》らしながらログアウトを待った。

——そして現実へ。

現実を受け入れたくない。高坂《こうさか》はログアウトしてもＶＲ装置を外さなかった。そのうちに泣き声が聞こえた。その声は繭《まゆ》のものだ。

まだ自分は仮想にいる。そして彼女の声を聞いている……。

「……え？」

我に返り高坂《こうさか》はゴーグルを外した。そして目を見張る。

舞台上で繭《まゆ》が福田《ふくだ》ゆかりを抱きしめながら泣いていた。どういうことだ？　仮想で見たあの死体はなんだった？　他の生徒もぽかんとしている。はっきりと見なかったものの、視界の端に繭《まゆ》の死体を入れていたのだ。

福田《ふくだ》ゆかりの死体を抱きしめながら茫然《ぼうぜん》と座り込む繭《まゆ》の姿は、仮想で見たものとほとんど同じだった。

ここで高坂《こうさか》はやっと気づいた。今日の朝の投票にて最初に扉の外に出たのは繭《まゆ》なのだ。そして彼女は高坂《こうさか》の扉をノックしながら福田《ふくだ》ゆかりの死体に気づいた。取り乱した繭《まゆ》は、福田《ふくだ》の死体を抱きしめたままフリーズした。と、自分が仮想で見たのはそんな悲しいシーンだった。

……そんなわけあるか。

この女は泣きながら皆の反応を見ていた。

「私、繭《まゆ》が死んだのかと……」

繭《まゆ》と仲がいい小野寺好美《おのでらよしみ》が駆け寄っている。やはり皆も勘違いしていた。

これは繭《まゆ》のトラップだ。思い返せば昨日の夜、建物に入るとき、繭《まゆ》は福田《ふくだ》ゆかりの隣の扉を選んでいた。それは福田《ふくだ》ゆかりの死を利用して狼探《おおかみさが》しをするためだ。現に高坂《こうさか》は現実に戻り繭《まゆ》が生きていたことに動揺した。彼女は違和感を見つけようとしていたのだ。福田《ふくだ》の死を知っている狼《おおかみ》は村人と反応が違うはずだ。

……待てよ。だとしたら繭《まゆ》は福田《ふくだ》が死ぬのを知っていたのか？　それとも福田《ふくだ》の隣の扉を選んだことは偶然なのか。

繭《まゆ》は福田《ふくだ》の死体を抱きしめながら涙を流している。舞台で泣く繭《まゆ》の演技は完璧だった。これが演技だとは誰も気づかないだろう。

だが、その完全なる演技が起因となって別の生徒を動かした。

「なんで守れなかったの？」

愛沢佳那《あいざわかな》が泣いている。繭《まゆ》の感情が伝染したのだろうか。

「ゆかりを守れるのは銃だけだったのに」

そんな言葉を向けられたのは、距離を置いて立ち尽くす最上《もがみ》だった。二日連続で狼《おおかみ》の攻撃を許した狩人《かりゅうど》だった。いや、愛沢《あいざわ》だけではなかった。小野寺好美《おのでらよしみ》も涙を流すことで非難している。そして男子は誰も庇《かば》おうとしない。

思えば残酷な非難だ。最上《もがみ》は狩人《かりゅうど》としてほとんど完璧に守ってきた。おそらく狼《おおかみ》は占い師を狙い、狩人《かりゅうど》がそれを守った。しかし狼《おおかみ》は攻撃対象をただの村人に変更した。そうなれば確率的に守備は不可能だ。

「モガは悪くない。だってこれは狩人《かりゅうど》にとって分の悪いゲームだから」

擁護の声は七瀬《ななせ》だった。

「ゲーム？　ゆかりが死んだんだよ」

「その事実は認めないといけない。私たちは死のゲームをしているのだから」

愛沢《あいざわ》の非難をはねのけ、七瀬《ななせ》ははっきりと言った。

あまりに正論だ。だが危険だ。高坂《こうさか》も同感だったが声に出さなかったのは怯《おび》えていたからだ。この枠組みの中で少数派になるのはまずい。狼《おおかみ》でなくとも——燃やされる。

「確率的に守り切るのは不可能よ」

七瀬《ななせ》の正論により場がさらにヒートアップする。泣きじゃくる二人の女子、愛沢《あいざわ》と小野寺《おのでら》。

「確率の話をしているんじゃないだろ」と、西野雄太《にしのゆうた》が反論する。

二人の自称占い師は沈黙している。昨日の夜も狼《おおかみ》を見つけられなかったが、それを表だって非難する村人はいない。

香川《かがわ》のそばに西野《にしの》が立っている。愛沢《あいざわ》と小野寺《おのでら》との距離も近い。彼らは真偽はともかく香川《かがわ》を正当な占い師と認めている。

一方柊木《ひいらぎ》はぽつんと一人で立っている。少数派の占い師。高坂《こうさか》はニュートラルでいたが柊木《ひいらぎ》側《がわ》だと思われているだろうか。だとしたらまずい。高坂《こうさか》は柊木《ひいらぎ》と一緒に切られる可能性があった。人狼《じんろう》ゲームにおける狼《おおかみ》探《さが》しのセオリーはラインごと切り捨てる、だからだ。

柊木《ひいらぎ》が助かるには、どっちの派閥でもない繭《まゆ》と七瀬《ななせ》、そして最上《もがみ》を取り込まねばならない。

それは占い師の真偽は関係ない。

……それにしても役立たずめ。

なんでこの日まで占い師は狼《おおかみ》を見つけられない？　この事実は明らかにおかしい。香川《かがわ》は柊《ひい》木《らぎ》を狼《おおかみ》としたが、それは占い師でなくとも言える事実だ。つまり実質二人の占い師は狼《おおかみ》を見つけられていない。村人側の不幸は、そんな無能が占い師を引いてしまったことだ。

「落ち着け」

高坂《こうさか》は自分に語り掛ける。思考がやけになっている。

「ゲームなんかで死んだなんて認められない」

小野寺《おのでら》が涙をぬぐっている。攻撃対象が最上《もがみ》から七瀬《ななせ》にシフトした。

「ナナは悲しくないの？」

愛沢《あいざわ》に詰め寄られても七瀬《ななせ》は表情を変えない。

……安っぽい。

高坂《こうさか》は女子の涙を見てそう思った。いや、この状況で泣くのは普通だ。だが、少しずつ涙に異物が混ざり始めてきたのでは？　それは打算だ。残りの人数は九人。秋山《あきやま》が燃やされたように、自分も処刑される可能性がある。それを防ぐには九人のなかでの多数派に属するしかない。

これは日常の教室と同じだ。皆はどれだけ自分がクールなグループに属するかを競い合っていた。クラスカースト下位の少数派を避けるために、他人を攻撃し仲間と共感することを繰り返した。ずっと演技は続いているのだ。

「私たちがやるべきことは狼《おおかみ》を探すことでしょ。狩人《かりゅうど》や占い師を責めてる場合じゃない」

「じゃあ、その狼《おおかみ》はどこにいるのよ！」

愛沢《あいざわ》の声が密室に反響する。狼《おおかみ》は誰だ？　皆の思考はずっと同じところを回っている。空転し続けている。そんな中、一人だけ冷たい表情をしている人間がいた。福田《ふくだ》の死体に寄り添う繭《まゆ》はじっと皆を見つめている。いや、観察していた。

高坂《こうさか》は福田《ふくだ》の横で膝をつき、タオルを顔にかけてやった。

「……見つかったのか？」

福田《ふくだ》の死を利用してのトラップで狼《おおかみ》は見つかったのか。

「狼《おおかみ》は誰だ？」

彼女は気づいたはずだ。自分が生きていることに驚かなかった狼《おおかみ》を見つけたはずだ。

だが繭《まゆ》は口をつぐんでいる。視線を合わせようとしない。

「どっちが狼《おおかみ》だ？」

柊木《ひいらぎ》と香川《かがわ》のどちらが狼《おおかみ》なのか確認したはずだ。いや、どちらが狼《おおかみ》の可能性が高いかでいい。確実ではなく確率でギャンブルする段階に足を踏み入れている。

「言えよ、でないと演技してたことをばらすぞ」

「柊木《ひいらぎ》は嘘《うそ》をついている」

繭《まゆ》は福田《ふくだ》の死に悲しむ演技をしながら、そう囁《ささや》いた。

「私は彼女の癖を知っている。嘘《うそ》をつくときに左目を瞬《しばたた》き、ほんの少しだけ声が高くなる」

繭《まゆ》は日常のゲームを通じて柊木《ひいらぎ》の癖を知ったのだ。

「それにね、このクラスで人を殺せるなら柊木《ひいらぎ》よ」

「何言ってるんだ」

「柊木《ひいらぎ》は過去に父親を失っている。死因は毒殺で犯人は姉。身近で殺人が起きたの。……いや、今はその話はいい。とにかく柊木《ひいらぎ》は占い師ではない」

繭《まゆ》は柊木《ひいらぎ》が狼《おおかみ》だと結論づけたのか。

「……でも、香川《かがわ》も狼《おおかみ》」

高坂《こうさか》は息をのむ。占い師が二人とも狼《おおかみ》だと？

「彼は驚かなかった。ゆかりの死を悲しむ私を自然に受け入れていた」

どういうことだ？　繭《まゆ》の言葉を信じるのならば、本物の占い師はどこにいる？

「だからわからなくなった。私は、誰も信用できない」

繭《まゆ》が顔を伏せる。彼女は自分すらも信用できないと言っている。

「三木原《みきはら》が間違っている」

高坂《こうさか》は断言した。これは論理的な推理ではない。この特殊な状況で他人の心を読むには、完全に制御された精神が必要だ。このままではまずい。この密室では狂犬と評された繭《まゆ》でさえもおかしくなっている。恐怖により疑心が膨れ上がっているのだ。

――もう三木原繭《みきはらまゆ》は使えない。

「どうにかしてよ」

最上《もがみ》に向けた愛沢《あいざわ》の声が聞こえた。密室の混乱は続いていたが、その内容が変化していた。守備に失敗した狩人《かりゅうど》を責めつつ、行動を促していた。さらにこの密室での善のファクターだった西野《にしの》でさえも声を荒らげている。

「狼《おおかみ》を撃つしかないぞ。片桐《かたぎり》のように」

そのとき高坂《こうさか》は見た。最上《もがみ》が笑った気がした。

「……中に入ろう」

舞台に突っ立っていた最上《もがみ》は、ぐったりと椅子に座り込んだ。

「委員長？」

嫌な予感のした高坂《こうさか》は最上《もがみ》に呼びかける。

「もう委員長じゃないから」

中で話すことが最善だと知ってはいるが、やはり戸惑う。もしも自分に狼《おおかみ》の疑いをかけられ撃たれたらどうなるか。さらに開き直った最上《もがみ》が無差別に銃を……。

「そうだね、中で話し合ったほうがいいよ」

七瀬《ななせ》がうなずく。彼女はこの状況でも最上《もがみ》を信頼していた。

「私、みんなに言わなきゃいけないことがあるから」

最上《もがみ》はそう言いゴーグルを被《かぶ》った。何かを決意した表情だった。言わなければいけないこととはなんだ？　まさか狼《おおかみ》を見つけたのか。

だが質問しても最上《もがみ》は沈黙する。彼女はこの現実空間を拒絶していた。入るしかなかった。真実の言葉を交わすにはやはりあの世界しかない。

残った九人は狼《おおかみ》のいる村に……。徐々に仮想と現実の行き来がスムーズになってきた。というより二つの世界が混濁しているような感覚だった。

……目を開けると火が燃えていた。村の広場だ。熱を感じた。仮想の炎を感じている。

「使っちゃいけなかった」

焚火《たきび》の前に最上《もがみ》が立っている。高坂《こうさか》は舌打ちした。自棄《やけ》になった最上《もがみ》が銃を乱射しようとした場合、素早く対処する必要があった。だが、彼女は火に背中を向けている。

「片桐《かたぎり》君に頼まれて、みんなの命を救うためだって。でも間違ってた」

最上《もがみ》は銃を握ったまま空を仰ぐ。

「間違ってないよ。ここでやめたら片桐《かたぎり》君の犠牲が無駄になる。だから……」

愛沢《あいざわ》は柊木《ひいらぎ》の後ろから声をかけている。

「偽者《にせもの》の占い師を撃つべきよ」

クラスメイトの絆《きずな》は崩壊していた。疑いのある人間を殺していこうという処刑方法だ。

最上《もがみ》はくすっと笑うと柊木《ひいらぎ》に歩み寄る。高坂《こうさか》は動けなかった。この女は誰だ？　自分の知っている最上《もがみ》ではない。

「あなたは狼《おおかみ》？」

最上《もがみ》は柊木《ひいらぎ》に銃を突きつけた。

「いいえ。私は狼《おおかみ》ではない」

柊木《ひいらぎ》は最上《もがみ》の視線を受け止めた。

「じゃあ、あなたが狼《おおかみ》なの？」

最上《もがみ》は今度は香川《かがわ》に照準をつける。誰もが動けない。ここで逃げだせば狼《おおかみ》の疑惑が膨らむ。

「違う。俺は狼《おおかみ》じゃない」

「でも、どっちかは狼《おおかみ》だよ、だから……」

「黙って」

今度は最上《もがみ》は愛沢《あいざわ》に銃口を突きつけた。

「私はもう銃を撃てないの」

最上《もがみ》はぐっと歯を食いしばっている。ずっと感じていた狩人《かりゅうど》の違和感。あまりに強すぎる役職の秘密……。

「じゃあ、なんで片桐《かたぎり》君を撃ったのよ」

愛沢《あいざわ》が嗚咽《おえつ》を漏らす。高坂《こうさか》はぞっとした。その愛沢《あいざわ》を見つめる最上《もがみ》の表情はとても冷たかった。決してクラスメイトに向けるものではない。

「じゃあなんで止めなかったの？」

「え？」

「止める時間はあったよね。恋人だったあなたが私を止めるべきだった。なんであのときに涙を流して止めてくれなかったの?」

「で、でも、それは……」

「あなたと片桐《かたぎり》君は恋人じゃなかった。形式だけそうだったとしても、あのときに終わったの。もう片桐《かたぎり》君の名前を出さないで。あなたを調子づかせるために彼は死んだんじゃない」

「そんな――」

「黙れ!」

最上《もがみ》の怒号に皆は息をのむ。

「片桐《かたぎり》君はクラスメイトを殺したくなかった。そして私も撃ちたくなかった。きっと残っている狼《おおかみ》も村人を食べたくなかった」

「でも、現に狼《おおかみ》はクラスメイトを殺し続けてるよ」

最上《もがみ》を触発しないよう小野寺《おのでら》が呼びかける。

「それは私たちが追いつめたから。だって、序盤の狼《おおかみ》は村人を襲っていない。秋山《あきやま》君を処刑するまで狼《おおかみ》は村人を襲わなかったのだから」

その言葉を聞きながら高坂《こうさか》は考える。生徒たちが死んだ理由は、片桐《かたぎり》と秋山《あきやま》を除いて狼《おおかみ》だ。だが、それはゲームのシステム上そうなっている。たとえばバスの中で死んだ生徒。狼《おおかみ》が死因だが、狼役《おおかみやく》をやった生徒が名指しして殺したのではない。

しかし同じだ。狼《おおかみ》がいる限り村人が死んでいくのがゲームのルールなのだから。

……いや、本当にそうなのか？

たとえば昨日の夜の福田《ふくだ》ゆかり、そして一昨日《おととい》の神崎拓哉《かんざきたくや》。あの二人の扉は破壊されていた。狼《おおかみ》が蹴破った扉のイメージだ。それは明確な狼《おおかみ》の殺意。

だが、それ以外には狼《おおかみ》に殺意がなかったとしたら。

片桐《かたぎり》が撃たれた日の夜、石田寛《いしだひろし》と赤城里沙《あかぎりさ》が食い殺された。しかしその扉は壊されておらず開いていた。このゲームのルールに『鍵を閉めて立てこもれ』というものがある。二人がそんな禁忌を犯していたとしたら？　片桐《かたぎり》の死でゲームが終わったと、鍵をかけるのを忘れていたら？　その場合は狼《おおかみ》はターゲットを指定する必要がない。森で逃げ遅れた生徒も、バスで死んだ生徒も狼《おおかみ》は誰かを殺す意思表示をする必要がない。

その差は大きいのではないか？　そして赤城《あかぎ》たちが死んだ次の日も、その次の日も被害者は出ていない。……狼《おおかみ》の意思で村人を襲わなかったとしたら。

そうだ、狼《おおかみ》も殺したくはなかった。それなのにゲームにミスした生徒の死も、狼《おおかみ》の殺意に組み込んでしまった。

これは自分たちの罪だ。恐怖により友人を凶暴な狼《おおかみ》にしてしまった。

同時に思う。――秋山《あきやま》君を処刑するまで狼《おおかみ》は村人を襲わなかった。それをなんで最上《もがみ》が知っているのか。夜毎《よごと》に襲わなくていいというルールは狼《おおかみ》しか知りえないのでは？

「ああ……」

高坂《こうさか》の足ががくがくと震えた。ここで狩人《かりゅうど》の秘密に気づいた。本当の人狼《じんろう》ゲームであったら狩人《かりゅうど》は隠す必要がある。公開してはいけない要素だ。そしてこのゲームでは狩人《かりゅうど》を公開してもいい代わりに、隠さねばならない要素も存在した。

「まさか、委員長……」

「うん、そう。私は誰も守っていない。誰か一人を守るなんてしなかった。それは占い師でさえもそう」

だから狼《おおかみ》が襲っていないことを知っていた。犠牲者が出ない日は狩人《かりゅうど》が守ったのではない。狼《おおかみ》が襲わなかったと、ただそれだけなのだ。

「私はずっと押しつけられてた。クラス委員長だってそう。面倒なことは何故《なぜ》か私に回ってくるの。そんな星に生まれたのかなあ」

教室からそう考えていたのか。皆に頼られることを誇りに思っているのではなかったのか。

「モガ……」

茫然《ぼうぜん》とする小野寺《おのでら》に最上《もがみ》が銃を突きつける。

「好美《よしみ》、あなたは友達だと思ってた。でも、教室で友人という役柄を演じてただけだったんだね。……だって、この密室でも助けてくれなかった」

次に銃口を西野《にしの》に向ける。

「西野《にしの》君はクラスのみんなをいつでも楽しませた。花火大会をしたりナイトプールの企画をしたりってね。でも、私が後始末をしたことを知らないでしょ」

これは最上《もがみ》からのメッセージだ。銀の弾丸ではなく真実という弾丸を放っている。

「ナナ、あなたの正義で多くの女の子を助けたことは確か。でも同時に学校は歪《ゆが》んだ。きっとナナが卒業したら後輩たちは鎖で縛られ管理されることになる。あなたは優しい空間を作ったのではなく、ただぶち壊しただけなのだから」

七瀬《ななせ》の体がぐらりと揺れた。弾丸は日常の七瀬《ななせ》の体を貫いたのだ。さらに最上《もがみ》は繭《まゆ》に銃を向け薄く笑った。

「繭《まゆ》は私と仲良くしてくれたね。いつでも私を助けてくれた。あなたは天才で何でもできるから私も甘えて……嫉妬してた。何をやっても繭《まゆ》のようにはできなかったから」

あの教室に真実はなかった。誰もが仮面を被《かぶ》って生徒を演じていた。銃を突きつけねば真の交流はできないのだ。

「高坂《こうさか》君」

銃口は最後に高坂《こうさか》をとらえていた。

「助けてくれるのは高坂《こうさか》君だと思ってた。学校でナナや繭《まゆ》を助けたように、あなたは誰にもできないことをやれるから」

学校生活を回想する。七瀬《ななせ》や繭《まゆ》を助けたことなどあっただろうか……。目の前の最上《もがみ》を見ると、その表情は冷めていた。

「あなたを軽蔑する。バスに逃げ込むと死ぬと理解していたのに止めなかったよね。私はあとからその理由がわかった。VR装置が二十個しかなかったからだよね。あのとき生き残っていた二十二人全員がバーチャルに逃げ込むことができないと理解し――あなたは沈黙した」

高坂《こうさか》はぐっと歯を食いしばる。自分はあれが最善だと思って……。

「違う、委員長……」

「もう委員長とは呼ばないで。私は委員長って役職を与えられて、そう演じるしかなかったの。でもね、今ならはっきりと言える。……あなたたちにはうんざりだったって」

最上《もがみ》は銃口を自分の頭に向けた。

「ねえ、そんなことやめよう」

「落ち着けよ、なあ」

小野寺《おのでら》と西野《にしの》が最上《もがみ》に駆け寄ろうとしたが繭《まゆ》に制された。彼女も高坂《こうさか》と同じことに気づいたのだ。

「委員長、言うな！　やめてくれ」

高坂《こうさか》は首を振る。これは公開してはいけない情報だ。

「だから委員長はやめたんだって」

最上《もがみ》はトリガーを引いた。

皆が身構えたが銃声は響かない。焚火《たきび》の燃える音に混じって聞こえたのは、カチリという乾いた音だった。

「言ったでしょ始めから。私は撃てないって……」

最上《もがみ》は笑った。これは復讐《ふくしゅう》だ。片桐《かたぎり》を撃たせたこと。狩人《かりゅうど》として責められたこと。そして教室でずっと損な役回りを押しつけられたこと……。

「まさか……」

震える愛沢《あいざわ》の前で、最上《もがみ》は楽しそうに笑っている。

「この拳銃には弾丸は入っていない。そう、あの一発で終わりだったの」

狩人《かりゅうど》の武器は張りぼてだった。弾丸は一発しか渡されていなかった。

最初に最上《もがみ》が狼《おおかみ》を撃ち殺したシーン。あそこで一発になるよう調整されていたのだろう。間違っていた。狩人《かりゅうど》に処刑人をやらせてはいけなかった。死の責任を一人に負わせるなどやってはいけないことだった。

狼《おおかみ》から守る武器を失った恐怖よりも、悲しみのほうが強かった。最上《もがみ》はずっと一人ですべてを抱え込んでいたというのか。思えば女性教師のあの事故も、皆が目を逸《そ》らす中でクラス委員長として一人で事後処理をしていた。いつの間にか委員長は完全な役職であると思い込んでいたが、そうではなかった。そんな役職など存在するわけがないのだ。

「今日の夜、私は扉の鍵を閉めない。だから村人も狼《おおかみ》も安心して。私が一人死んで次の日になるだけだから……」

＊

whisper of the wolf
勇敢な狩人を助ける術《すべ》がないことを知っている。
扉の鍵をかけていない村人は死ぬ。それは明確なルールだからだ。
狩人《かりゅうど》が犠牲になったおかげで、残酷な選択をせずにすんだ。
しかしその休息はきっとこの日の夜だけ……。
残り九人。

＊

――夜が明けた。

最上《もがみ》は自身の宣言どおり扉に鍵をかけなかった。そして狼《おおかみ》に食われた。救いは彼女の穏やかな死に顔だった。狼《おおかみ》は村人を苦しませずに食い殺す。

墓を確認すると役職の狩人《かりゅうど》が刻まれていた。やはり墓地で役職も判明する。

しかし、そんなことよりも……。

高坂《こうさか》たちは密室で沈黙していた。言葉を発する気力もなくぐったりとしていた。クラスメイトの死はつらいが、何よりも最上《もがみ》の言葉がとても応《こた》えた。この密室でも、教室でも面倒な出来事をすべて押しつけてきたという現実。そして彼女はそのまま死んだ。いや、殺したのだ。

そしてゲームとしても行き詰まりだ。狩人《かりゅうど》を失った時点で敗北はほぼ決定だ。狩人《かりゅうど》の弾丸がないという事実はまだよかった。空砲でも狼《おおかみ》を牽制《けんせい》できるからだ。しかし銃弾がないことを知られ、さらに狩人《かりゅうど》は死んだ。狼《おおかみ》は教会をいつでも襲える。

――残り八人。

そして未《いま》だに狼《おおかみ》は見つからない。

柊木《ひいらぎ》は黙って首を振り、香川《かがわ》も同じく狼《おおかみ》を発見していない。そして狼《おおかみ》を見つけてもどうするかも決まっていない。

舞台の焚火《たきび》を見た。その上にはゴーグルをつけた女子生徒が座っていた。

未《いま》だに部屋から出ていないのは愛沢佳那《あいざわかな》だ。皆は最上《もがみ》の死をなんとなく愛沢《あいざわ》に押しつけたのだ。そして彼女は最後になり、誰もVR装置を外さない。

「委員長、いや、最上《もがみ》さんと同じく俺も隠していることがあった」

ぽつりと呟《つぶや》いたのは香川《かがわ》だった。

「秋山《あきやま》が裏切り者だったのは嘘《うそ》だ。みんなの罪悪感を減らすためにそう言った」

誰も香川《かがわ》を責める者はいなかった。それは高坂《こうさか》も疑っていたことだ。そもそも人狼《じんろう》ゲームでの裏切り者は、占いで村人としか出ないのだ。そこがゲームのきもでもある。

「だよな。墓地がおかしかった」

高坂《こうさか》は墓地を思い出した。ずらりと並ぶ墓で狼《おおかみ》の片桐《かたぎり》だけ場所が離れていた。そしてその横には穴が二つ。これは狼《おおかみ》サイドの数を表現しているように思えた。つまり秋山《あきやま》は村人であり、狼《おおかみ》サイドには別の二人がいると示唆している。

では裏切り者、もしくは狂人はどこにいる？　もう死んだのか息を潜めているのか。墓を見なくてもわかることは、狼《おおかみ》と裏切り者の合計は三人以下だということだ。人狼《じんろう》サイドの人数が、村人サイドよりも同数以上になった時点でゲームが終わりだからだ。

そのとき、高坂《こうさか》の背筋がぞくりとした。もしも裏切り者が別に存在したらどうなるか。占いでも村人としか出ない狂人が、善人のふりをして場をコントロールしていたとしたら。

香川《かがわ》は極めて倫理的なことを言ったが、あの行動は危険だったのでは？

だが思考が回らない。他人を疑うことを心が拒絶していた。自分たちが最上《もがみ》を追い詰めたというダメージが抜けていない。心がずたずたに引き裂かれたまま夜が来る……。

「そして彼女はどうする？」

ついに香川《かがわ》がそれに触れた。焚火《たきび》の上には愛沢《あいざわ》がいる。

「秋山《あきやま》君のときとは違う。このままだとどうなるかみんな知ってる」

七瀬《ななせ》も愛沢《あいざわ》から目を逸《そ》らさない。

「まず言うべきだろ。どっちかが愛沢《あいざわ》を占ったことは？」

高坂《こうさか》は二人の占い師へ問いかける。どちらも首を振った。

「じゃあ……」

「いや、占ってないってだけだよ」

高坂《こうさか》は不安げな声を出した小野寺《おのでら》に声をかけた。問題はここからだ。占っていないというだけで彼女が狼《おおかみ》だと確定したわけではない。

それでも思う。もしも彼女が狼《おおかみ》だったら、もう一匹の狼《おおかみ》が尻尾《しっぽ》を出す。自然に拘束を解こうと発言が出る。その発言主は二人の占い師のどちらかになるはずだ。

だが二人は沈黙している。

「少し頭を冷やそう」

高坂《こうさか》は立ち上がると舞台から降りた。視界が揺れて体がよろめく。

高坂《こうさか》はトイレに入ると、用を足してから洗面所で顔を洗った。どろりとした水の感触は非現実的だった。トイレから出ると段ボールを開けてペットボトルの水を手に取る。他にはブロックッキーがあるだけだ。武器になるようなものはない。もしもゲームを破棄して殺し合いが始まったら、敗者はとても苦しみ凄惨な死に方をするだろう。

「高坂《こうさか》君」

振り返ると柊木《ひいらぎ》が立っていた。

「何か、飲むか？」

柊木《ひいらぎ》にボトルを投げてやる。この密室で柊木《ひいらぎ》と話すことを避けていた。それは彼女を狼《おおかみ》と疑う気持ちがあったからかもしれない。

「柊木《ひいらぎ》は、俺を占ったか？」

「占ってない」

「なんでだ？　真っ先に俺を占うべきだろ」

人狼《じんろう》ゲームの経験者だ。占い師なら危険だと考えるはずだ。

「占わなくてもわかるよ。高坂《こうさか》君が狼《おおかみ》じゃないって」

柊木《ひいらぎ》はボトルに口をつけながら言う。

「俺は、柊木《ひいらぎ》が占い師であることを疑ってる」

繭《まゆ》が見抜いた癖もそうだが、柊木《ひいらぎ》が占い師だったら、もっとうまくやると思った。振り返ってもどう行動するのがベストなのかわからないが、こうはならないことだけはわかる。

「私は狼《おおかみ》じゃないよ」

なんだか信じてやりたかった。彼女が狼《おおかみ》じゃないとして、占い師でもない場合はあるだろうか。名乗るメリットとしては生存率だ。重要な職業は狩人《かりゅうど》に守られる、と。だが、本物の占い師と敵対することになり、村人サイドにはデメリットしかない。

「なあ、もうゲームは終盤だ。誰を占ったか教えてくれ」

疑心暗鬼になり、これまで密談する時間はなかった。これは最上《もがみ》が作った隙間の時間のようなものだった。

「繭《まゆ》ちゃん、秋山《あきやま》君、神崎《かんざき》君」

柊木《ひいらぎ》は迷うことなく言った。三日目まではこの三人を占ったのだ。いずれも狼《おおかみ》だったら危険なタイプだ。秋山《あきやま》と神崎《かんざき》は肉体的に、繭《まゆ》は人間的に。

「そのあとは、福田《ふくだ》さん、西野《にしの》君、そして香川《かがわ》君の順番」

「香川《かがわ》を占ったのか」

「うん、やっぱり狼《おおかみ》だった」

柊木《ひいらぎ》が本物の占い師だとしたら狼《おおかみ》は香川《かがわ》だ。そしてもう一匹いるとしたら、七瀬《ななせ》瑞乃《みずの》、小野《おの》寺好美《でらよしみ》、高坂《こうさか》、そして愛沢佳那《あいざわかな》の四人の中からとなる。

そして当然ながら高坂《こうさか》は自分が狼《おおかみ》でないと知っている。

──三分の一。

高坂《こうさか》は舞台の中央に座る愛沢《あいざわ》を見た。この確率は十分に勝負になる数値では？　いや、何を言っている、確率でクラスメイトを殺そうというのか。しかし拘束を解いてやるには大きすぎる数字だ。さらにこちらにはもう狩人《かりゆうど》がいない。生き残るには自らを焼きながら狼《おおかみ》を炙《あぶ》りだすしか方法は残されていないのだ。

「なあ、なんで福田《ふくだ》と西野《にしの》を選んだ？」

占いはランダムでおかしくはないのだが、ふとそれが気になった。

「繭《まゆ》ちゃんがくじで決めたの。そして、その二人は香川《かがわ》君も占っている」

それもおかしくない。二人の占い師がいる場合、同対象を占う統一占いはセオリーだ。

「昨日は最上《もがみ》さんのことがあって、繭《まゆ》ちゃんと話し合うことができなかった。だから自己判断。本当に香川《かがわ》君が狼《おおかみ》なのかが気になったの」

「なんで気にする必要がある？　柊木《ひいらぎ》が占い師だったら香川《かがわ》は狼《おおかみ》だろ」

柊木《ひいらぎ》の視線には軽蔑が含まれていた。

「ゲームに勝つには、香川《かがわ》君を吊《つ》らなきゃいけないんだよ」

高坂《こうさか》は舞台に戻っていく柊木《ひいらぎ》の後ろ姿を見つめる。自分は他人を疑うあまり、心を失ったのだと思った。もしかしたら密室に汚染される前からこうだったのかもしれない。自分は他人の命すらもゲームとして考えるような人間だったのだ……。

「大丈夫か、高坂《こうさか》」

声に向くと香川《かがわ》が段ボールからペットボトルを取りだしていた。

「……なあ、香川《かがわ》は誰を占った？」

高坂《こうさか》は聞いてから後悔した。自分はなんでこんな状況でゲームをしているのか。

「秋山《あきやま》、柊木《ひいらぎ》、三木原《みきはら》だ。その後は福田《ふくだ》と西野《にしの》」

やはり繭《まゆ》がそろえたのだ。そして福田《ふくだ》と西野《にしの》は狼《おおかみ》の疑いを晴らした。

「……そして高坂《こうさか》だ」

高坂《こうさか》は香川《かがわ》を見た。

「疑ってすまなかった」

香川《かがわ》は舞台へ戻っていく。香川《かがわ》は高坂《こうさか》を村人だと判定した。

……ああ、選択しなければならない。まずは愛沢《あいざわ》のこと。そして生き残ったとしてどちらにつくか。偽者《にせもの》の占い師を処刑しなければならないときどうすればいいか。

ふと高坂《こうさか》は違和感に気づく。この占いは明らかに空振りが多くないか？　基本的に二人の占い師はお互いを狼《おおかみ》だとしている。そして他は見つけていない。さらに効率が悪いのは村人と判明した者が死んでいくことだ。

この密室の人狼《じんろう》ゲームでの統一占いは本当にセオリーなのか。そもそもこのゲームは霊媒師がいない。その代わりに墓場というノーリスクで判定できるシステムがある。だとしたらばらばらに占わせ、答え合わせをしていったほうが効率がいいのではないか？

では何故《なぜ》、あの二人は占い対象を合わせた？

いや、あの二人の意思ではない。そう誘導した人間がいる。……まさか。

密室で思考していたのは高坂《こうさか》だけではなかった。すべての生徒は考えていた。生き残るためには何が最善なのか。村人たちは他人に委ねず自ら決断する。

……そして夜、愛沢佳那《あいざわかな》は炎上した。

＊

whisper of the wolf

今日も村人が燃えた。

狼《おおかみ》と疑われた村人が処刑されたのだ。

この処刑には私たち狼《おおかみ》の意思も混じっている。だから目を逸《そ》らしてはいけない。

炎上する彼女の悲鳴を耳に焼きつけよう……。

残り七人。

＊

このゲームをコントロールしている人間がいる。

目的は自身の生き残りとゲームの勝利。そしてゲームは人狼《じんろう》サイドが有利なまま進んでいる。

つまり人狼《じんろう》サイドにそれがいる。

占いにより狼《おおかみ》が見つからないままゲームが終盤になった。二人の占い師のどちらかが狼《おおかみ》であることは確かだ。そしてもう一匹。だが、そのもう一匹の狼《おおかみ》が存在しなかったとしたら。

覚悟を決めるしかない。生き残ると決めたのならゲームを続行する。そしてクラスメイトを処刑していくしかない。そうだ、すでに自分たちの意思で二人のクラスメイトを処刑している。

だがそれは、今日の夜を生き残れたらの話だ。狩人《かりゅうど》を失った村人たちは無防備に喉元を狼《おおかみ》にさらしている。

いや、今日狼《おおかみ》に食われるだろう村人はほぼ決まっている。そして食われた村人が予想どおりなら人狼《じんろう》サイドが尻尾《しっぽ》を出す。そして戦いはそこからだ。人狼《じんろう》を駆逐するために処刑をせねばならない。こんなことなら最初に何も知らずに死んだほうがましだった。他人を疑い処刑し、どんどん罪が凝縮されていく。ゲームに勝利した人間は悪魔となるだろう。

夜明けを望む感情と朝を拒絶する感情が、混ざり煮詰まっていくような気分だ。

『投票に来ました』

ウサギの声だ。今日も生き残った……。

ここで誰に票を入れるか。自分には入れられないルールがある。

「西野《にしの》雄太《ゆうた》」

高坂《こうさか》は票が入っても大丈夫だろう人間に投票した。おそらく西野《にしの》が票を集めることはない。

たとえ集めたとしても……。

ウサギが走り去っていく。票を集計するしばしの時間。

……そして扉がノックされた。

高坂《こうさか》は慎重に近づく。扉の向こうに狼《おおかみ》がいる可能性もある。閂《かんぬき》を外しそっと扉を開ける。見たのは朝もやに浮かぶ教会の輪郭、そして石畳を走り去るウサギの後ろ姿だった。扉をノックしたのはウサギだった。

ここで気づいた。高坂《こうさか》は初めて選ばれたのだ。

最初に扉の外に出る権利。自分が票を集めた理由は何なのか……。

ひんやりとした空気を感じた。高坂《こうさか》は石畳を歩いて、見た。壊された扉があった。その部屋に入った村人を知っている。

……やはり西野雄太《にしのゆうた》だ。

高坂《こうさか》は中を確認すると両手を合わせて祈った。陸上部だった西野《にしの》は、人より早く学校に来て走っていたことを思い出す。体育祭ではフォームのアドバイスなどをクラスメイトにしていた。そんな彼は不条理なゲームで死んだ。

思い出に浸っている場合ではない。これで残りは六人。人狼《じんろう》サイドはそのうち二人。

……そのうち一人を燃やすしかない。

何故《なぜ》狼《おおかみ》は占い師を狙わなかったのか。その理由は、本物の占い師を食えば生き残った占い師が狼《おおかみ》だと判明するからだ。

よって教会を襲うのは最後の最後だ。狩人《かりゅうど》がいない今、そのタイミングは狼《おおかみ》が決定できる。

高坂《こうさか》は石畳を歩き、閉ざされた扉の前に立つ。ノックをすると間をおいて柊木《ひいらぎ》が顔を出した。

狼《おおかみ》の疑いはあるが、あくまで二分の一だ。ここでギャンブルをするのは危険だ。

「次は香川《かがわ》でいいな」

柊木《ひいらぎ》がうなずき、もう一人の占い師である香川《かがわ》の扉をノックした。

高坂《こうさか》は二人の占い師に尋ねた。今日の占いは自己判断のはずだ。

「誰を占った？」

「七瀬《ななせ》さんを占った。村人だった」と、柊木《ひいらぎ》。

「小野寺《おのでら》さんを占った。村人だった」と、香川《かがわ》。

やはりここまで占っても狼《おおかみ》は出ない。

「とりあえず、その二人の扉を開ける、でいいな？」

香川《かがわ》と柊木《ひいらぎ》がうなずく。高坂《こうさか》がノックして二人の扉を開けた。

「西野《にしの》君……」

壊された扉を見て、小野寺《おのでら》が青ざめている。

「繭《まゆ》が最後ね」

七瀬《ななせ》が閉ざされている扉を見た。ここで繭《まゆ》を残してのログアウトが決定した。

「戻る前に言っておく。三木原《みきはら》は——裏切り者だ」

高坂《こうさか》ははっきりと言った。

動揺する七瀬《ななせ》と小野寺《おのでら》に対し、香川《かがわ》と柊木《ひいらぎ》は表情を変えない。この時点で察していたか、知っていたかだ。

「人狼《じんろう》ゲームでは裏切り者を占っても村人としか出ない」

そして二人の占い師から村人のお墨付きをもらった繭《まゆ》は疑いを晴らしてしまった。そしてその後の議論の中心に居座った。

「三木原《みきはら》の行動は人狼《じんろう》に利するものだった」

高坂《こうさか》は説明を続ける。福田《ふくだ》ゆかり、西野《にしの》雄太《ゆうた》と統一占いを提示したこと。そして狼《おおかみ》は疑いの晴れた村人から食い殺した。

「三日目の柊木《ひいらぎ》の占いにも三木原《みきはら》の意思が介入している。狼《おおかみ》だったら危険な神崎《かんざき》を占おうと言ったのは三木原《みきはら》だ」

それは柊木《ひいらぎ》から聞いていた。そして神崎《かんざき》は次の夜に食い殺された。つまり繭《まゆ》と狼《おおかみ》は繋《つな》がっているのだ。

「疑いの晴れた人間から食い殺していけば、容疑者が絞りにくくなる」

人狼《じんろう》有利にゲームをコントロールしていたのは繭《まゆ》だった。つまり人狼《じんろう》サイドの二人は、占い師のどちらかと、裏切り者の三木原繭《みきはらまゆ》という組み合わせになる。

「本当にそうなの？　繭《まゆ》ちゃんがそんなことを……」

小野寺《おのでら》は、そんなことをしないとは言わなかった。

「三木原《みきはら》が村人サイドなら、狼《おおかみ》を炙《あぶ》りだすための別のやり方があった。俺の知っている三木原《みきはら》はこんなミスをしない」

三木原繭《みきはらまゆ》は完全なる人間だ。頭のねじが外れている狂人だが、だからこそこんな密室で一番頼れる人間だ。そんな彼女が村人ならば、人狼《じんろう》を利する戦略を提示するはずがない。

「反論は？」

香川《かがわ》が首を振る。柊木《ひいらぎ》もしばらく考えてから首を振った。小野寺《おのでら》は顔を伏せ、七瀬《ななせ》だけは何かを言いたそうだったが、口を開くことはなかった。

「……そして狼《おおかみ》は三木原《みきはら》に聞くしかない」

繭《まゆ》は敗北を悟れば口を開く。つまり彼女を処刑するしか方法はない。

だが自分に彼女を燃やせるのか。すべてを燃やすには彼女との思い出は大きすぎる。そして思う。燃やす前に彼女の言い訳を聞くべきではなかったか……。

高坂《こうさか》は扉を見つめる。感情で動いては駄目だ。ここで負ければ今までの行動に意味がなくなる。ああ、どうすればいい……。

＊

三木原繭《みきはらまゆ》は裏切り者として処刑される。

確かに彼女の行動はおかしかった。彼女を知る者からしたらそう目に映る。

だけど私は知っている。

三木原繭《みきはらまゆ》が何故《なぜ》狼《おおかみ》を利するような振る舞いを見せたのか。

彼は最後にその理由を知ることになるだろう……。

残り六人。

＊

高坂《こうさか》は広場に立っていた。

現実に戻ったのは一瞬だ。愛沢《あいざわ》と西野《にしの》の死体を霊安室に運び、再び仮想へ。そして二人は村人であると判明した。

ということは事実は絞られる。自分の行動は間違っていない。目の前のこの光景は……。

三木原繭《みきはらまゆ》が燃えていた。

「こうなると思った」

繭《まゆ》は磔《はりつけ》にされたまま炎に包まれている。

高坂《こうさか》は彼女の目の前に立っていた。自分がそうした責任を取るためだ。

高坂《こうさか》以外は距離を置いて繭《まゆ》を見つめている。

炎上する繭《まゆ》は、秋山《あきやま》や愛沢《あいざわ》のような醜態をさらさなかった。ただ焼けていく自分を受け入れている。

「仮想のダメージは自らの記憶に依存している。だから恐怖に負けた瞬間に痛みが始まるの」

繭《まゆ》は高坂《こうさか》に視線をやった。

「私を処刑したのは誰？」

「俺だ」

これは高坂《こうさか》の判断だ。人狼《じんろう》ゲームに勝つために選択した。

「そう。だったら、よかった」

裏切り者に狼《おおかみ》が誰かを聞くべきだったが声が出ない。繭《まゆ》との最後の会話がそんなものでいいのか……。そんな高坂《こうさか》に対し繭《まゆ》は平然としている。

「なんでこんなことになったんだろうな」

高坂《こうさか》は密室を恨んだ。本当にあの女性教師の復讐《ふくしゅう》なのか。だとしたら繭《まゆ》は関係ない。燃える必要はなかった。

「あれは私の責任でもあるの。きっとあの子は——魔法使いを見たかった」

高坂《こうさか》は思い出した。プールの水面を繭《まゆ》が歩く映像。『プールには魔法使いがいるの』と、繭《まゆ》がその映像を見せてあげていたシーン。

それを撮ったのは高坂《こうさか》だ。学祭で使うボードゲームサークルのPVに繭《まゆ》を出演させたのだ。プールの中にアクリル製の土台を置き繭《まゆ》を歩かせた。夕日に照らされた金色のプールを歩く幻想的な映像だった。

それはこの密室からでは眩《まぶ》しすぎる二人の思い出……。

「まず聞かせて。私を裏切り者とした理由を」

繭《まゆ》はこの密室を受け止めている。

「統一占いだ。人狼《じんろう》の疑いが晴れたことを利用して占いに介入した。そして神崎《かんざき》から統一占いをし、狼《おおかみ》は占った人間を食い殺していった。それは狼《おおかみ》サイドにとって効率的だ」

墓場という死なない役職があるのに統一占いを決行したこと。明らかにおかしい。

「私は自分の生き残りを優先したのよ。そんな利己的な人間」

「演技はやめろ。三木原《みきはら》が村人でいて生き残りたいなら別の方法がいくらでもある」

「わかった。統一占いは私のミスだったと認めるわ。私は戦略的にミスをした」

「福田《ふくだ》ゆかりが死んだときのことだ。お前は彼女の死を利用して狼《おおかみ》を見つけようとトラップを仕掛けた。思えばあれも裏切り者を隠すための演技だった」

「狼《おおかみ》を見つけられなかったことを責めているの？」

「違う、三木原《みきはら》は福田《ふくだ》が死ぬことを知っていた。だから夜に福田《ふくだ》の隣の建物に入ったんだろ。狼《おおかみ》を探す自分を演じるために舞台を整えたんだ」

繭《まゆ》はその日、福田《ふくだ》ゆかりが死ぬと知っていた。何故《なぜ》知っていたかというと……。

「三木原《みきはら》は狼《おおかみ》と繋《つな》がっていた」

それしかないのだ。彼女の行動は狼《おおかみ》を利するものだった。

「そうよ、私が狼《おおかみ》と繋《つな》がっていたことは確かなこと」

繭《まゆ》はその事実を認めた。やはり彼女は裏切り者だった。

「でも私は裏切り者ではない」

高坂《こうさか》は繭《まゆ》の目を見た。彼女はこの期《ご》に及んで嘘《うそ》を……。いや違う。彼女はそんな人間ではない。しかし裏切り者でないはずがない。

「私はある目的のために狼《おおかみ》と接触することにしたの。それは可能でしょ。狼《おおかみ》のうちの一匹はすでに公開されている。由希《ゆき》か香川《かがわ》君のどちらかなのだから」

「交渉とは占った村人を食うということか？」

「私は二人に占う対象をそろえることを提案しただけ。でもね、狼《おおかみ》が由希《ゆき》であっても香川《かがわ》君であってもくみ取ってくれると思ったの。統一占いの村人は生贄《いけにえ》だと」

……なんてことだ。繭《まゆ》は自身が狼《おおかみ》に狙われないよう村人として狼《おおかみ》と交渉したのだ。この密室でそんなことを考える人間がいたとは。いや、それが三木原繭《みきはらまゆ》だ。

「これしか方法はなかったの」

「ないわけないだろ。お前が生き残る方法なら――」

「なかったわ。私と高坂《こうさか》が生き残るためにはそれしかなかった」

顔を上げると繭《まゆ》と目が合った。彼女は気まずそうに目を逸《そ》らす。その表情は見たことのないほど人間的だった。

「どういうことだ？」

「言ったとおり。私は終盤まで生き残れば狼《おおかみ》を見つける自信はあった。でも、高坂《こうさか》が死んでたら意味がないと思った」

この女は何を言っている？　炎に身を焼かれるこの状況で何を言おうとしているのか。

「待て、本当に俺を助けようとしたとして、なんで俺を占わなかった？　お前が村人なら、俺が村人である証明が必要だろ」

繭《まゆ》は呆《あき》れたように笑った。

「そんなのわかるよ。だってずっと見てたもん。教室だって部室だって……」

体が震えた。本当にこの女は狂人もしくは裏切り者ではないのか？

「高坂《こうさか》って顔に出るの知ってる？　だからサークルのゲームで勝ったことがほとんどなかったじゃない。私たちのカモだったよね」

確かにそうだ。ゲームの天才というあだ名は、ゲーム下手な高坂《こうさか》への皮肉なのだ。サークルでは柊木《ひいらぎ》や後輩に負け続けていた。

「ほら、あのサークルってゲームでお菓子を賭けるじゃない。ゲームをするたびに高坂《こうさか》がお菓子をくれることになるからおかしくなった。私って他の人から何かをもらうことに慣れてなくてさ、きっと餌付けされたんだね」

繭《まゆ》が語っているのは光り輝く学校生活だ。

「最初は由希《ゆき》が目的だったの。変人と触れ合うためにゲームに参加しただけ。でもね、そのうちに目的が変わってた。私はただ高坂《こうさか》とゲームをやりたかった」

それは仮面を取った三木原繭《みきはらまゆ》だった。

「私は高坂《こうさか》のことが好き」

高坂《こうさか》は炎の前で膝をついた。これはノイズだ。密室のゲームに入れてはいけない雑音。そんな余計なものがあるから目がくらんでしまった。そして狂犬と称される彼女も、密室に恋愛を入れてしまったために敗北した……。

高坂《こうさか》は嗚咽《おえつ》した。自分はゲームの攻略もできずに泣くことしかできない。この密室で立ちすくむだけの無能だ。

「私はよかったと思う。この密室がなければ私は思いを伝えられなかった。モガが銃で自分の仮面を撃ち砕いたように、私の仮面もこの炎がなければ燃えなかった。だから私はね、後悔していないのよ」

「……それは嘘《うそ》だよ」

顔を上げると繭《まゆ》が泣いていた。彼女は顔をくしゃくしゃにして涙を流している。

彼女は村人だ。狼《おおかみ》でも裏切り者でもなかった。肥大した疑心と恐怖が繭《まゆ》を殺してしまった。狼《おおかみ》は自分自身の中にいた。

「ごめんな。でもすぐに償う」

救いは一つだけある。それは今日の夜で高坂《こうさか》も死ぬことだ。残りは五人。狼《おおかみ》が夜に村人を食い殺せば狼《おおかみ》が二匹、村人が二人。同数になるのでゲームは終わりだ。

繭《まゆ》が炎上するシーンはゲームのエンディングなのだ。

炎上する繭《まゆ》を見届けたまま夜を迎えよう……。

（あきらめないで）

繭《まゆ》の囁《ささや》きが聞こえた。高坂《こうさか》だけに届く声だ。

（もしかしたらチャンスはある。この密室にはノイズがある。私を惑わせ失敗させた要素があるの。だから思考を放棄しないで）

この状況でまだ作戦があるというのか。この狂犬はまだ牙を残しているというのか……。

そして繭《まゆ》は香川《かがわ》に向いた。

「負けたよ、香川《かがわ》君。あなたが狼《おおかみ》ね」

香川《かがわ》は否定しなかった。もう終わりだと知っているからだ。

「……お願いがあるの。高坂《こうさか》を食べないであげて」

それは懇願だった。涙で顔を汚しながらの惨《みじ》めな姿をさらしている。

「高坂《こうさか》に最後の夜を与えてあげて。これは村人でなくクラスメイトとしてのお願い……」

繭《まゆ》にはもう何も残っていなかった。最後は泣くことしかできない。

仮面を燃やした彼女は普通の女の子に戻り――焼死した。

＊

夜。

これが最後の夜になる。

裏切り者がいないとしたら狼《おおかみ》が二匹。香川《かがわ》ともう一人。

いや、もうどうでもいいことだ。自分は負けたのだ。今夜に狼《おおかみ》は無防備な村人を襲う。

狩人《かりゅうど》を失った村人は守る術《すべ》がない。

そうすれば残り人数は四人。村人サイドと人狼《じんろう》サイドが同数となり、ゲームは終わる。

――思考を放棄しないで。

繭《まゆ》のそんな声が聞こえた。彼女は自分が裏切り者ではないことを知っていた。だとしたらこのバッドエンドも理解していたはずだ。

それとも最後まで考えることがこのゲームの礼儀だとでも言うのか。……いや、それは敗者の礼儀だ。間抜けな自分を呪う時間だ。

この時点で残り五人。すべての役職は決定づけられた。
高坂直登《こうさかなおと》　村人
香川泰明《かがわやすあき》　狼《おおかみ》
柊木由希《ひいらぎゆき》　占い師
小野寺好美《おのでらよしみ》　狼《おおかみ》
七瀬瑞乃《ななせみずの》　村人
繭《まゆ》と高坂《こうさか》を出し抜いた香川《かがわ》が狼《おおかみ》ならば柊木《ひいらぎ》が占い師だ。そして香川《かがわ》の仲間の狼《おおかみ》は必然的に小《お》野寺《のでら》となる。占い師の柊木《ひいらぎ》が七瀬《ななせ》を村人だと判定したからだ。香川《かがわ》は冷静にゲームをプレイした。そしてあの優《やさ》しい小野寺《おのでら》が狼《おおかみ》だったとは信じられない。友人の死に涙したあの表情も偽物《にせもの》だったというのか。

とにかく、あれだけ時間をかけても狼《おおかみ》を炙《あぶ》りだすことはできなかった。

ネックとなったのは死の恐怖。そして恋愛感情。

やはりゲームに感情を入れてはいけない。目が曇ってしまう。そして自分の敗北は、教室に感情を入れなかったこと。淡々と日常を過ごして教室を見ていなかった。空っぽの言葉をやりとりするだけで他人と心を交わさなかった。だから大切なときに何も気づかない……。

せめて罪を償おう。最後は食われたいと思った。そうすることによって繭《まゆ》を燃やした罪が軽減されるとしたら、できるだけ苦しんで食われたい。穏やかな死に顔ではなく苦痛をさらして死にたい……。

……ん？　高坂《こうさか》が思い出したのは前園《まえぞの》だった。

ゲーム序盤に死んだ前園《まえぞの》を何故《なぜ》か思い出す。なんで今になって彼が気になっているのか。

脳裏に浮かんだのは前園《まえぞの》の死に顔だった。そうだ、前園《まえぞの》だけが他と違った。このゲームは冷酷で不条理だったが、死に際しては残虐ではなかった。誰もが肉体的には痛みを感じず死んでいった。

だが前園《まえぞの》は違う。些細《ささい》なことだが、何故《なぜ》そこを気にしなかった？　さらに前園《まえぞの》は扉が閉まったまま死んでいた。鍵をかけ忘れたのではなく、狼《おおかみ》に蹴破られたのでもない。

どうして前園《まえぞの》の死のケースだけこうも違う？

前園《まえぞの》の死の違和感はその他大勢の死体に紛れて見逃していた。だが、本当ならそれをもっと掘り下げるべきではなかったか。

このゲームには様々な違和感があった。そんなノイズにより高坂《こうさか》も繭《まゆ》も間違った行動をしてゲームに敗北した。その真相を知るべきではないか？

……思考が空回りする。考える時間はもう残されていなかった。

高坂《こうさか》は目を閉じる。自分は負けてはいけないゲームに敗北した。最後は自らの無能さを呪って死のう……。

――ウサギの声。

床に膝をついていた高坂《こうさか》は目を開けた。まだ死んでいない。この最後の朝にも投票を行おうというのか。それでも返答し、死を待つ。しかし高坂《こうさか》はノックの音を聞いた。この扉のノックは狼《おおかみ》のものなのか……。

立ち上がり扉に手を添える。閂《かんぬき》を外すが狼《おおかみ》の気配は感じられない。いや、そんなはずはない。すでに誰かが狼《おおかみ》に襲われているはずだ。だとしたらバッドエンディングがあるのか？　狼《おおかみ》たちの勝利を見てから高坂《こうさか》は殺されるというのか。

扉を開けた。――朝だった。

石畳を走り去るウサギの後ろ姿が見えた。……どういうことだ？

高坂《こうさか》は石畳を歩く。閉ざされた扉は四つ。いずれも無事だ。

はっと思い出し高坂《こうさか》は走る。突き当たりには教会がある。そうか、狼《おおかみ》は最後に教会を襲ったのだ。念には念を入れて占い師を殺した。

「ああ……」

教会の扉が破壊されている。狼《おおかみ》はついに教会を襲ったのだ。

高坂《こうさか》の頭に柊木《ひいらぎ》との思い出がよみがえった。最初会ったときは心を閉ざした少女だった。ボードゲームサークルを通じて少しずつ彼女は笑顔を見せるようになった。そんな彼女を信じてやれず、高坂《こうさか》は友人を見殺しにしてしまった。

高坂《こうさか》はふらふらと石畳を歩くと、柊木《ひいらぎ》の入った建物の扉にもたれかかる。

「柊木《ひいらぎ》、ごめん」

高坂《こうさか》は扉をこぶしで殴りつけた。目から涙がこぼれた。これがゲームならリセットできないものか。もう一度やり直せるのならば自分は……。

「高坂《こうさか》君？」

柊木《ひいらぎ》が扉を開けた。

*

whisper of the wolf
このゲームの違和感の正体に気づいた。
私はついに教室に潜んでいた狼《おおかみ》を見つけたのだ。
ルールを破った狼《おおかみ》を許してはならない……。
残り五人。

*

現実には戻らない。

もう一匹の狼《おおかみ》が処刑の邪魔をするかもしれない。

狼《おおかみ》が潜む扉を閉ざしたまま高坂《こうさか》たちは夜を待つ。

空が赤く染まったとき、いきなり建物が炎上した。村人たちは建物ごと狼《おおかみ》を燃やす選択をしたのだ。

「香川《かがわ》……」

四人は炎上する建物を見つめる。

三木原《みきはら》と違って最後に言葉も交わせない。だが香川《かがわ》にとってもそのほうがいいだろう。

炎の中から狼《おおかみ》の断末魔の咆哮《ほうこう》が聞こえた気がした。

初めて村人たちは狼《おおかみ》の処刑に成功した。これで残り四人。高坂《こうさか》、柊木《ひいらぎ》、小野寺《おのでら》、七瀬《ななせ》。この中に最後の一匹がいる。

「……入ろう」

高坂《こうさか》は三人に向き直った。

「これが最後の夜だ。そして朝になればすべては終わる」

狼《おおかみ》は最後に村人を襲うだろう。だが、それでも村人サイドの人数が多い。

「う、占いの結果は？　狼《おおかみ》は誰だったの？」

真っ青な顔をした小野寺《おのでら》が柊木《ひいらぎ》に聞く。

「知る必要はない」

高坂《こうさか》は首を振った。占いの結果などもうどうでもいい。

「それに、柊木《ひいらぎ》は占い師じゃない」

「じゃあ……」

小野寺《おのでら》が後ずさった。

「いや、誰が狼《おおかみ》にしろ、俺たちは夜を越さなきゃいけない。そして誰が死のうとも狼《おおかみ》は見つかる。だからこのゲームは村人サイドの勝利だ」

ゲームには勝利した。自分が生き残れるかは別として。

だが生き残ったなら。最後の一手を指すチャンスが与えられたのなら。

――必ず狼《おおかみ》を処刑する。

*

whisper of the wolf
この夜、襲う村人は――小野寺好美《おのでらよしみ》を指名する。

5 処刑台の狼たち

whisper of the rabbit

残り三人の中に潜む狼が一匹。
村人か人狼か。どちらが勝利するかはまだわからない。
それでもこの密室の扉の鍵は開けよう。
最後にふさわしい舞台を……。
残り三人。

高坂《こうさか》は繭《まゆ》の死体をそっと寝かした。

霊安室に並ぶ死体はこれで——二十五。

学園祭の出し物の話し合いをしていたのが嘘《うそ》のようだ。あんな些細《ささい》なことで意見が分かれたが、話し合えばすべて解決するものだった。この密室でのように……。

昨日の夜、香川《かがわ》は処刑され、小野寺好美《おのでらよしみ》は狼《おおかみ》に食われた。

「三木原《みきはら》」

高坂《こうさか》は繭《まゆ》の死体に手を添えた。

彼女が失敗したのはこの密室に雑音があるからだ。二年四組の狂人はこの狂った密室で理性的なふるまいを見せた。それでも足りなかった。彼女は密室の狼《おおかみ》にチェックをかけることができずに処刑された。

……殺したのは自分だ。

狼《おおかみ》でも裏切り者でもない彼女を処刑したのは高坂《こうさか》の意思だ。疑心という密室の病魔におかされ大切な人間を燃やしてしまった。

——狼《おおかみ》は誰?

狼《おおかみ》を裁くのがけじめだ。クラスメイトを殺された報復ではない。ゲームを終わらせるためだ。純真に狂気のゲームをプレイした繭《まゆ》の意志を継がねばならない。

「じゃあな三木原《みきはら》」

高坂《こうさか》は立ち上がった。霊安室から出ると、背後でずしんと扉が閉まった。

密室に残ったのは高坂《こうさか》一人だった。目を覚ましたとき、舞台にいたのは高坂《こうさか》だけだった。

ウサギの投票で票を集めたのはおそらく高坂《こうさか》だ。投票は必ず自分以外に票を入れねばならない。七瀬《ななせ》と柊木《ひいらぎ》は高坂《こうさか》に入れたのだろう。

だが、高坂《こうさか》が目覚めたとき、七瀬《ななせ》と柊木《ひいらぎ》の姿はなかった。

まずは死体を霊安室に運び墓地を確認した。結果、三木原繭《みきはらまゆ》は村人、小野寺好美《おのでらよしみ》は村人、香川泰明《かがわやすあき》は——狼《おおかみ》。

しかし残りの二人の姿はない。これはどういうことだろうか。ゲームの終わりでは断じてない。七瀬《ななせ》と柊木《ひいらぎ》の二人はどこに消えた？　彼女たちの死体すらも見つからない。

——この密室の扉の鍵は開けよう。

そんなウサギの声を聞いた気がした。

高坂《こうさか》は閉ざされていた密室の出口に向かう。扉に手を添えると——開いた。

この時点で高坂《こうさか》は密室からの脱出を果たしたことになる。

だが、決してこれはゲームの終了ではない。

扉の向こうは蛍光灯で冷たく照らされた階段だった。リノリウムの張られた階段を上り、さらに扉。

高坂《こうさか》はノブを握りながら息を吐く。扉の向こうに狼《おおかみ》の気配が……。

「ああ……」

扉を開けて高坂《こうさか》はうめく。

円形のホールだった。三つの椅子が中央を向くように並べられている。そのうちの二つに柊《ひい》木《らぎ》と七瀬《ななせ》が座っている。

二人は後ろ手に手錠をかけられた状態で座っている。そして首には天井から下がる縄が掛けられている。それは首吊《くびつ》りの輪だった。

『これが最後の舞台です』

真ん中にウサギのぬいぐるみが置かれていた。

『あなたは夜が来るまでに決断する必要があります』

ぬいぐるみが動き、キンキン声を発している。

『夜までにどちらを助けるかを決断するのです。夜になると――こうなります』

ガタンと音がした。ウサギの足元の床が抜けた。

――奈落だ。ウサギが落ちた。

高坂《こうさか》は二人に向く。彼女たちの足元にも四角く切り取られたようなラインがある。もしも首に縄を掛けられた状態で落ちたら……。

――吊《つ》られる。

これはバーチャルではなくリアルな処刑場だ。

「なんてことを」

高坂《こうさか》は震えていた。ウサギはどちらかを助けろと言うが、真実はどちらかを殺せだ。それを選択するのは高坂《こうさか》となる。

『それではどうぞ』

ウサギの声だけが聞こえた。

部屋が沈黙する。動いているのは時計だけだ。太陽と月を示す時計。針はまだ朝だ。

「まず座って。君は話を聞く義務があるから」

七瀬《ななせ》が言った。自分の置かれた状況を理解しているのに取り乱した様子はない。それは柊木《ひいらぎ》も同じだった。

高坂《こうさか》は汗をぬぐうと、覚悟を決めて椅子に座った。

微妙に視線をずらして座る三人。二十八人の生徒はついにこの三人だけになった。

ゲームが続行されている。そのことからこの三人の中に村人は二人、狼《おおかみ》が一匹ということになる。そして高坂《こうさか》はゲームにおける狼《おおかみ》が誰かはわかっていた。

しかし、この最終盤で判明していない事実も……。

高坂《こうさか》は七瀬《ななせ》に向く。

「ナナ、お前が狼《おおかみ》だ」

七瀬《ななせ》は高坂《こうさか》の視線を受け止めている。表情にはわずかな揺らぎもない。

理由は消去法だ。高坂《こうさか》も柊木《ひいらぎ》も狼《おおかみ》ではない。狼《おおかみ》を炙《あぶ》りだすスタンダードな戦略。また、狼《おおかみ》としてフェアにプレイした香川《かがわ》の庇護《ひご》を受けていたのも七瀬《ななせ》だ。無駄に占わず終盤まで七瀬《ななせ》を守ってきた。

いま振り返れば簡単なことだ。香川《かがわ》が狼《おおかみ》である覚悟を決めたのは七瀬《ななせ》のためだ。あの教室では気づかなかったが香川《かがわ》は七瀬《ななせ》に好意を持っていた。だから偽《にせ》の占い師を名乗り、そしてゲームに勝つことを望んだのだ。

それに気づいたのは三木原繭《みきはらまゆ》のおかげだ。あの狂人でさえも恋愛では目がくらんだ。そして高坂《こうさか》に向けられていた好意。日常のパズルのピースは転がっていた。この密室でどんな役柄を与えられようとも、自分たちは教室ではただの生徒だった。

香川《かがわ》もそうだ。あの機械のような人間も恋愛感情を持っていた。ぎこちない七瀬《ななせ》との会話、風紀委員をフォローするような行動、七瀬《ななせ》と距離の近かった高坂《こうさか》を疎《うと》む視線……。

この薄暗い密室だからこそ、教室での光がまぶしいほどに見えてしまう。

「……そうよ、狼《おおかみ》は私」

七瀬《ななせ》ははっきりと言った。

彼女は自分が吊《つ》られるこの状況で心を保っている。それでもついに狼《おおかみ》は見つかった。最後の一匹は目の前にいる七瀬瑞乃《ななせみずの》だった。

「あの夜に私の役職は狼《おおかみ》だと教えられたの」

七瀬《ななせ》は淡々と語る。

「意味がわからなかった。でも、朝になってバスのみんなが死んでいた。そしてそれは狼《おおかみ》に食い殺されたって……」

七瀬《ななせ》の表情に痛みが混じった。狼《おおかみ》は意思をもって殺したのではない。狼《おおかみ》がいるだけで無防備な村人は食い殺されるシステム。

「だから言おうと思った。私がゲームで狼《おおかみ》の配役を与えられたって。でも……」

その朝、片桐《かたぎり》が狼《おおかみ》だと告白した。

「あのときに狼《おおかみ》は私だけじゃないんだって気づいた。私はただ茫然《ぼうぜん》としたままで告白できなかった。モガに撃たせ、片桐《かたぎり》君が撃たれるのを黙認したの」

七瀬《ななせ》はぐっと歯を食いしばっている。七瀬《ななせ》は沈黙したのではない。莫大《ばくだい》な情報を処理できずにフリーズしていただけなのだ。

「銃声が響いたその日の夜、私は扉の外に出た。扉が開いてしまったから。そして同じく外に出た香川《かがわ》君と会った」

夜は狼《おおかみ》の囁《ささや》きの時間だった。

「片桐《かたぎり》君が撃たれる前に狼《おおかみ》たちで話し合いたかった。そうすれば絶対に私たちは三人で告白をした」

ほんの少しのずれだ。村人たちは狼《おおかみ》を撃ち殺し、生き残った狼《おおかみ》は怯《おび》えた。

「香川《かがわ》君は様子を見ようって、告白するのは止められた」

告白すれば当然片桐《かたぎり》のようになる。やはり銃を撃ってはいけなかった。あの銃弾は残った狼《おおかみ》と最上《もがみ》の心を撃ち砕いたのだ。

「狼《おおかみ》には襲う扉を決めるルールがあった。一日に一つの扉を選んで襲うと教えられたの。でもその日は選択することはなかった。それなのに里沙《りさ》と石田《いしだ》君が死んで……」

選択する必要がなかった。やはりあの二人は鍵をかけ忘れた。間違った行動をした村人は優先的に食い殺されるというルールなのだ。VR装置に毒物が注入されるシステムでもあったのだろう。狼《おおかみ》が実際に手を下すことなく村人たちは死んでいった。

七瀬《ななせ》は震えている。これは狼《おおかみ》の最後の告白だ。

「ミスをした村人がいない場合でも、狼《おおかみ》は扉を選ばないという選択はできたのか？」

七瀬《ななせ》がうなずく。やはりそうだ。次の日に死者が出なかったのは狩人《かりゆうど》が守ったのではなく、ただ選ばなかった。この人狼《じんろう》ゲームは『襲わない』という選択肢もある。

それは与えられた対話のチャンスだった。その死者が出ない間にもっと生徒たちで話し合うことができていれば……。

それでも村人たちは残酷な決断をした。――狼《おおかみ》の疑いのある秋山《あきやま》を処刑した。

「秋山《あきやま》君が燃えた日の夜、香川《かがわ》君はただ、俺に任せろとだけ言ったの」

その日に香川《かがわ》は選択したのだ。ゲームに勝つことではなく、七瀬《ななせ》を助ける決断だ。次の日の朝に占い師を騙《かた》ったのもそれが理由だ。処刑されるリスクがありながらあえてそうした。香川《かがわ》は七瀬《ななせ》が燃やされることだけは避けたかったのだろう。

「そしてその夜、香川《かがわ》君は神崎《かんざき》君を選択した。理由は狼《おおかみ》を絞られないことと、現実での暴力を危惧して。次の日はゆかり」

ゲームの勝利を目指した香川《かがわ》は冷酷に選択した。

その次の日の犠牲者は最上《もがみ》だ。

銃弾がないという告白をした彼女は自殺する。扉を開けたままにして狼《おおかみ》に食われる選択をした。振り返れば自分たちが人間に戻れる可能性はあったのかもしれない。最上《もがみ》が自らを犠牲にして与えてくれた最後のチャンスだった。

だが、自分たちは愛沢佳那《あいざわかな》を燃やす選択をした。

「その日、西野《にしの》君を選んだのは、ゆかりと同じく狼《おおかみ》を絞られないため」

占いで村人と判明した者を食い殺す。それは香川《かがわ》と繭《まゆ》が共同で作った戦略だ。香川《かがわ》には狼《おおかみ》を絞られないメリット、繭《まゆ》には自分と高坂《こうさか》を助けるメリットがある。

そして狼《おおかみ》と交渉をした繭《まゆ》は裏切り者として燃やされた……。

その夕方の時点で残り五人。

香川《かがわ》が狼《おおかみ》だと告白したのは勝利を確信したこともあるが、責任を被《かぶ》りたかったのだ。今までの選択はすべて自分がしたことであり、七瀬《ななせ》の意思ではないという。彼は七瀬《ななせ》の命も心も守ろうとしたのだ。

そしてその夜、香川《かがわ》はついに教会を襲撃した。

教会を襲撃した理由はなんだろうか。もしかしたら繭《まゆ》の最後の願いを聞いたのかもしれない。高坂《こうさか》を食い殺さず、牙を占い師に向けた。

だが、その襲撃は空振りする。

「香川《かがわ》君が燃えた日の夜、好美《よしみ》を襲ったのは私」

七瀬《ななせ》の震えが治まっている。彼女は強い視線を高坂《こうさか》に向けていた。

「私の意思で小野寺好美《おのでらよしみ》を食い殺す決断をしたの」

最後の最後で七瀬《ななせ》は狼《おおかみ》としての役目をまっとうした。

「君と由希《ゆき》を残したのは理由がある。──君に狼《おおかみ》を裁いてほしかったから」

七瀬《ななせ》は鋭い視線を柊木《ひいらぎ》に向ける。彼女の瞳は怒りに染まっていた。

「──あなたは狼《おおかみ》。教室から狼《おおかみ》だった」

柊木《ひいらぎ》は静かに七瀬《ななせ》と視線を交えた。七瀬《ななせ》が狼《おおかみ》であることは判明している。だが、何故《なぜ》ゲームが維持されたかが問題なのだ。香川《かがわ》はどうして柊木《ひいらぎ》襲撃に失敗したのか。

「柊木《ひいらぎ》は村人だな？」

高坂《こうさか》の問いに柊木《ひいらぎ》がうなずく。

彼女は占い師ではなかった。与えられた役職は単なる村人だったのだ。

香川《かがわ》の襲撃が空振りしたのはそれが理由だ。柊木《ひいらぎ》は村人なので教会にはいなかった。しかし問題がある。

——本物の占い師はどこにいる？

墓には占い師はいなかった。最上《もがみ》の死で証明されたように、墓碑には役職も表示される。香《か》川《がわ》も占い師は死んでいないと確信していたからこそ教会を襲撃したのだ。

「俺は仮説を組み立てた。こうするとどうにかゲームは維持できる」

このゲームにはノイズがあった。繭《まゆ》が惑わされたような毒情報だ。

「占い師は前園《まえぞの》だった」

思えば前園《まえぞの》の死だけは特殊だった。バスの六人が死んだ日に前園《まえぞの》は死んだ。普通に立てこもっていれば前園《まえぞの》は助かったはずだ。バスの六人というミスをしたプレイヤーがいるのだから、狼《おおかみ》に襲われることはなかった。

だが、前園《まえぞの》がミスをしたとは思えない。扉は閉ざされており鍵がかかっていた。となると一つしか方法はない。

「前園《まえぞの》は部屋の中で自殺した」

占い師の役柄を与えられたその日に、仮想の部屋で自殺したのだ。前園《まえぞの》の死に顔もおかしかった。ゲームで死んだ生徒たちの死に顔は穏やかだった。対して前園《まえぞの》だけが苦痛に満ちていた。つまりそれは別の方法での死があったとしか思えない。

「墓に占い師と刻まれなかったのはそれが理由だ」

――ゲームでの正当な死者に限る。

たとえば密室でトラブルが起き殴り殺された場合などはわからない。墓場はゲーム以外の死を拒絶している。前園《まえぞの》は正当な死ではなかったために占い師として埋葬されなかった。

「そして柊木《ひいらぎ》は村人であり、共有者でもあった」

彼女が占い師を名乗ったのは前園《まえぞの》が占い師だと知っていたからだ。それ以外に名乗るメリットは存在しないのだから。

「うん。共有者は私と前園《まえぞの》君だった」

柊木《ひいらぎ》はうなずいた。柊木《ひいらぎ》だけは占い師を失ったことを知っていた。だから占い師を演じたのだ。狼《おおかみ》に対抗するために偽《にせ》の占い師となった。それは村人を助けるためもあるが、自分が食われないためでもある。占い師と名乗れば狩人《かりゆうど》に守ってもらえるからだ。

そんな柊木《ひいらぎ》の理性と打算が、崩壊しかけたゲームを維持したことになる。

村人たちは二人の偽《にせ》の占い師に踊らされていた。占い師を騙《かた》る狼《おおかみ》、嘘《うそ》をついている村人。そんなノイズに高坂《こうさか》たちは翻弄されてしまった。

……とにかく正解が出た。そしてこれで終わりではない。

決断をせねばならない。狼《おおかみ》である七瀬《ななせ》を吊《つ》る決断だ。夜までに最後の狼《おおかみ》を吊《つ》るしかゲームを終わらせ生き残る方法はない……。

「高坂《こうさか》君は理性的だね。与えられた情報を駆使していつでも正解を導ける。……でもそれだけ。私のことを深く知ろうともしなかったから真実にたどり着けない」

柊木《ひいらぎ》は一瞬だけ悲しそうに笑った。

「真実？」

他に何があるというのか。仮説は仮説だ。推測に間違いはあるだろうが、それは些細《ささい》なことだ。大筋が間違っているとは思えない。

高坂《こうさか》は背筋をぞくりとさせた。それは七瀬《ななせ》の視線だった。命乞いなどしていない。彼女は怒りに満ちた視線で柊木《ひいらぎ》を貫いていた。

「あなたはルールを破った」

七瀬《ななせ》がキレていた。吊《つ》られる寸前の狼《おおかみ》の唸《うな》りだった。

「高坂《こうさか》のおかげで全部理解した。やっぱりあなたは狼《おおかみ》だった」

「ナナ、お前は何を知っている？」

汗が止まらない。これは聞いてはいけない情報だと本能が警告している。

「私が知っているのは柊木由希《ひいらぎゆき》という人間。サークルのゲームで薬物を賭けるようなルール違反をするような、ね」

薬物だと？　サークルで賭けていたのは駄菓子程度のはずだ。

否定しない柊木《ひいらぎ》を見てはっとする。そうだ、サークルにいる後輩は精神的に病んでいた。そして多くの薬に頼っていたはずだ。

「あいつに薬を賭けさせたのか？」

柊木《ひいらぎ》はうなずいた。

「私が高坂《こうさか》のサークルに数回顔を出したのはそれが理由。精神安定剤や睡眠薬が学校に出回っていて、その発生元を探るためだった」

柊木《ひいらぎ》は後輩から薬を奪った。そして横流しをしていた……。

「いや、その話は……」

たとえそうであっても、この密室に比べれば些細《ささい》なことではないか。

「人畜無害な由希《ゆき》がそんなことをするなんて信じられなかった。そんな由希《ゆき》に興味を持った人もいた。それが繭《まゆ》。繭《まゆ》はね、柊木由希《ひいらぎゆき》という人間を、薬物の横流しが行われる前から調べていたみたい」

演劇に興味のある繭《まゆ》は人間の裏を知りたがる。

「繭《まゆ》は由希《ゆき》の過去も調べた。中学時代に父親を亡《な》くしているんだってね。死因は薬物中毒。由《ゆ》希《き》の姉が毒を盛って殺した」

それは繭《まゆ》から少しだけ聞いていた。

「姉は父親から性的暴行を受けており、その復讐《ふくしゅう》として毒を盛った。繭《まゆ》が言うには、柊木由希《ひいらぎゆき》の人格はそんな暗い過去に影響していると」

柊木《ひいらぎ》はくすっと笑った。

「少しだけ訂正していいかな。毒であいつを殺したのは私。殺し方はあいつが日に三粒のむビタミン剤の瓶に混ぜていただけ。アリバイを作ろうといろいろ工夫したんだ。コーティングカプセルを作って、数時間後に溶けるようにとか。コーティングカプセルの製作はうまくいったけど意味がなかった。父親を殺そうとする人間は限られているから」

「ええ、繭《まゆ》は由希《ゆき》が殺したんじゃないかって疑っていた」

「さすが繭《まゆ》ちゃんは人を見る目があるね。結局父親殺しは姉が自ら被《かぶ》った。毒を手に入れたのも姉だったから。ほら、私が中学時代に住んでいた場所って大雨で堤防が決壊したことがあったじゃない。そのときに病院に忍び込んだんだって。でも、姉は結局使えないまま、父親の玩《おも》具《ちゃ》になっていた。あいつは姉が手足も棒のような子供のときから……」

柊木《ひいらぎ》の表情が歪《ゆが》んでいる。それは彼女を狂わせた原点……。

「残った毒はね、ここに入れていたんだ。私の罪を背負った姉のために。もう彼女のような犠牲者を出さないために」

柊木《ひいらぎ》がダイスのヘアーアクセサリーを指さす。

高坂《こうさか》は息をのんだ。柊木《ひいらぎ》は入れて<u>い</u>、<u>い</u>、<u>い</u>たと言った。

「まさか……」

これは最後のピースだ。この密室を完成させる情報だった。

「前園《まえぞの》を殺したのは柊木《ひいらぎ》だったのか」

あるシーンを思い出した。仮想の村に入る前、柊木《ひいらぎ》と前園《まえぞの》が会話をしていた。そのときに毒物を渡した可能性が高い。コーティングカプセルにより毒は前園《まえぞの》が建物に立てこもってから効果を発揮した。

「なんで前園《まえぞの》を……」

高坂《こうさか》の頭に光が散った。この密室は日常から続いていた。

柊木《ひいらぎ》は日常から前園《まえぞの》を殺そうとしていたのだ。理由は女性教師の子供だ。前園《まえぞの》には彼女への性的暴行疑惑があった。

「うんそうだよ」柊木《ひいらぎ》は高坂《こうさか》の思考を読んでいた。「私は見たの。前園《まえぞの》君があの子を裸にしているのをね。脅しながら裸の彼女をもてあそぶ彼を見て――私は思い出した」

過去を思い出したのだ。そして復讐《ふくしゅう》の決意も。

「薬物を賭け始めたのはそれからか」

柊木《ひいらぎ》が後輩から精神安定剤などを奪ったのは復讐《ふくしゅう》のためだ。精神が不安定になった前園《まえぞの》は、柊木《ひいらぎ》から薬を買うようになった。そして受け渡しは自然に行われるようになった。前園《まえぞの》が柊木《ひいらぎ》を信用したのは、自分に都合のいい証言をしたこともあるだろう。前園《まえぞの》が疑われたとき、少女は一人だったと柊木《ひいらぎ》は証言した。それも復讐《ふくしゅう》の準備だ。

柊木《ひいらぎ》は前園《まえぞの》殺害の機会をうかがっていた。しかし一回使用された毒物を使うチャンスは訪れない。それでも待ち、ついにそのときが来た。

この密室。

クラスメイトが死んでいくこの状況。このクラスの中で柊木《ひいらぎ》だけは別のことを考えていたのだ。これは前園《まえぞの》を裁くチャンスだ。そして早くやらなければ自分が手を下す前に前園《まえぞの》が死んでしまう。そして柊木《ひいらぎ》はあのタイミングで前園《まえぞの》に精神安定剤と称した薬を渡した。

ここで高坂《こうさか》はすべてを理解した。柊木由希《ひいらぎゆき》は——狂人だ。

「あなたはルール違反を犯した」

七瀬《ななせ》がもう一度言った。

「私たちは密室に閉じ込められ殺し合いを強制された。悪いのは密室だった。私たちは被害者で誰もが苦しんでいた。でも——あなたは違う」

教室の裏切り者への攻撃だった。クラスメイトを殺害した狂人を批判している。

「あなたは教室の狼《おおかみ》だった。殺意をアクセサリーに入れて平然と生活していたの。前園《まえぞの》君は確かに悪いことをしたかもしれない。でも、彼を殺したのは間違ってる」

七瀬《ななせ》がこのゲームを最後まで行った理由は怒りだ。風紀委員会の正義と評されるほどの人間は、この密室でも悪を許さない。

「いいえ、狼《おおかみ》はナナちゃんだよ」

柊木《ひいらぎ》は平然と七瀬《ななせ》の言葉を受け止める。

「このゲームで狼《おおかみ》として振る舞い、村人を食い殺したのはナナちゃん。それは私の利己的な行動がなかったとしても事実であること」

これは人狼《じんろう》ゲームの最後の審判だ。

お互いに正義を持っており、お互いに狼《おおかみ》を押しつける最後の対話。

「私は偽者《にせもの》の占い師だけど狼《おおかみ》を探していたのは本当。でも私は少しだけミスをした。あの繭《まゆ》ちゃんが恋愛感情を持つとは思わず、裏切り者であると疑ってしまった。そんな似非《えせ》情報で発見が遅れてしまった」

繭《まゆ》と柊木《ひいらぎ》はお互いに村人ながら、お互いに足を引っ張り合ってしまったのだ。

「それでも最後に狼《おおかみ》は見つかった。ゲームの終わりは簡単なこと。尻尾《しっぽ》を出した狼《おおかみ》を吊《つ》るすしかない」

「いいえ、あなたはすべてを踏みにじった。クラスメイトとしてのルールを破った狼《おおかみ》は由希《ゆき》よ。吊《つ》られるべきはあなたなの」

高坂《こうさか》は固まっていた。目の前には二匹の狼《おおかみ》がいる。

柊木《ひいらぎ》が高坂《こうさか》に向いた。

「ゲームに勝って二人で生き残ろう。高坂《こうさか》君にはそれしか方法がないよ。そして私を受け止めてほしい。過去を忘れられたのは、あのサークルだけだった。ゲームをしているときだけはすべてから解放された。狂った私を助けられるのは高坂《こうさか》君だけなの」

この言葉には嘘《うそ》はないと思った。ゲームを通じて交わした柊木《ひいらぎ》の真実だ。

「いいえ、君は由希《ゆき》を吊《つ》る義務がある。だってここで正義を全うできるのは君だけだから。ここで吊《つ》らなきゃクラスメイトたちを裏切ったことになるし、けじめはつけられない」

七瀬《ななせ》が高坂《こうさか》に語り掛ける。

「それに高坂《こうさか》は生き残れる。狼《おおかみ》にはもう一つのルールがある。それは裏切り者を作れること。狼《おおかみ》の勝利が確定したとき、それまでに残った村人を裏切り者にして助けることができるの」

裏切り者という役職。それが最後の最後で判明した。絶対に必要な人狼《じんろう》ゲームの役職はそこに潜ませていた。おそらくこれは狼《おおかみ》への餌だ。狼《おおかみ》としてゲームに殉じれば好きな人間を一人助けることができると。

そして裏切り者の存在をルールに明示しなかったのは、プレイヤーに疑心を与えるためだ。現に自分たちはいない裏切り者に翻弄されてしまった。

「だから私を選んで。そして私の狼《おおかみ》としての罪を少しだけ肩代わりしてほしい……」

七瀬《ななせ》の悲痛な声だった。二人はなんで高坂《こうさか》に訴えている？　ああそうだ、裁ける人間は自分だけだからだ。自分の意思で吊《つ》る人間を選ばなければいけない。

これはゲームだ。最後の一手を指す義務がある。……ゲームなのか？　だとしたら答えは簡単だ。狼《おおかみ》である七瀬《ななせ》を吊《つ》るのだ。

顔を上げると七瀬《ななせ》と目が合った。

「私は君を信じている。私に正義を与えてくれたのは君だから」

それは命乞いではなかった。高坂《こうさか》は日常の一コマを思い出す。入学当時の学校の規則は厳しく、女子たちはスカートの長さはもちろん、下着の色さえも管理されていた。セクハラまがいの仕打ちを受けていた女子たちを庇《かば》いキレたのは七瀬《ななせ》だった。だが、教師にたてついたところで何も変わらない。

――ルールを変えろ。

見かねてそう助言したのは高坂《こうさか》だった。

ナナという愛称を与えたのも高坂《こうさか》だ。苗字《みょうじ》だから呼びやすく、名前を呼んでいる気にもなるその愛称は、七瀬《ななせ》の攻撃的な印象をやわらげた。実際にその愛称が定着するとともに、七瀬《ななせ》と周囲の生徒たちとの距離は縮まった。

面白いと思ったのだ。感情的で単純な人間を操作して学校を変えること。それは高坂《こうさか》にとってのゲームだった。彼女が風紀委員長になるまで協力し、そんなゲームは幕を閉じたが、彼女はずっと覚えていてくれたのだ。

そして七瀬《ななせ》が自分と柊木《ひいらぎ》を襲わなかった理由を知った。

彼女は柊木《ひいらぎ》の悪事を暴《あば》き、裁いてほしかった。だから小野寺好美《おのでらよしみ》を食った。

……自分に裁けというのか。クラスメイトを毒殺した獰猛《どうもう》な狼《おおかみ》を殺せと。

「私は自分のルールに殉じている」

柊木《ひいらぎ》の声は落ち着いている。

「小さな子供だった姉が乱暴されるシーンが目に焼きついて、あいつが消えても恐怖は消えなかった。だから私はずっと毒を持ち歩いていたの。悪人を殺す毒は私を救う武器となった。だからこそ、同じような悪人を見つけたら武器を使うしかなかった。それがルールだったから」

「間違ってる。あなたが裁きを下していい理由にはならない」

七瀬《ななせ》と柊木《ひいらぎ》がお互いに刃《やいば》を向け始めた。

「だとしたらナナちゃんにも私を裁く権利はない。でも、狼《おおかみ》は人狼《じんろう》ゲームのルールにのっとり裁かなきゃいけないの。村人を殺した狼《おおかみ》を処刑するのはこの密室の摂理。——ナナちゃんは狼《おおかみ》なのよ。尻尾《しっぽ》を出したこの期《ご》におよんで村人を騙《だま》そうとしている」

「いいえ、あなたを裁くチャンスはここしかない。人狼《じんろう》ゲームのルールにのっとると言うのなら、あなたはルールに外れたことをした。私たち狼《おおかみ》は村人を食べたけど、みんなが死んだのはゲームにおけるペナルティに過ぎない。……でも、あなたの殺人は違う」

「あの殺人があっても、ゲームは続行されていた。確かにあの行動はノイズとなって村人を苦しめたけど、ゲームにおける一つのトラブルに過ぎない」

「もうやめてくれ」

高坂《こうさか》は首を振った。こんなことなら二人とも泣き叫んでほしかった。生き残りたい、死にたくないと惨《みじ》めな姿をさらしてほしかった。しかし二人はこの状況でも自分の正しさを疑っていない。そんな彼女たちを裁くのに感情は持ち込めない。

高坂《こうさか》は頭を抱える。選べない。この選択は自分には重すぎる。こんなことなら狼《おおかみ》に食われるか、燃やされたほうがましだった。この部屋から逃げたい……。

いや、駄目だ。選べばどちらかが助かるのだ。最後に一人を救ってやることができる。この密室から解放できる。

ではどちらだ？　どちらを助けるべきだ？　自分が手を差し伸べるべきは……。

高坂《こうさか》は思う。自分にその資格があるのか。自分が助かるために、クラスメイトの死を黙認し、狼《おおかみ》と村人を処刑した。繭《まゆ》の好意に気づかずに燃やした自分が、この二人のどちらかを救えるのか？　自分の手はすでに血まみれだ。そんな手を誰に差し伸べる？

胸が張り裂けそうに苦しい。頭が痛く全身に汗が流れ嗚咽《おえつ》が止まらない。

生き残るたびに友人を殺した。密室の毒はそのたびに濃くなり、自分は毒に侵された。高坂《こうさか》という人間はぶっ壊れた。

……夜が来る。

密室のルールに委ねろ。

助けるなどおこがましい。そうだ、自分は殺し続けてきた。だとしたら最後までやるしかない。密室のルールに殉じて——吊《つ》れ。

すでに自分の手は汚れている。自分は善良な村人ではなく、狼《おおかみ》の疑いのある人間を処刑したのだ。綺麗《きれい》なまま死ぬことは許されない。

七瀬《ななせ》と柊木《ひいらぎ》は静かに待っている。高坂《こうさか》が自分を選ぶと確信しているのだ。

高坂《こうさか》は立ち上がると頭上を仰ぐ。二人は命を握られた状況で信頼している。日常から高坂《こうさか》を見ていたのだ。それに対して自分はなんだ？

上《うわ》っ面《つら》の生活を送っていたために、三木原繭《みきはらまゆ》の気持ちにも気づけなかった。柊木《ひいらぎ》の裏側も七瀬《なな せ》の肥大しすぎた正義も知らなかった。他人と深く関わることを避け、重要な決断を避けてきた。そんな積み重ねが今になって自分に降りかかっている。そうだ、これは自分に与えられた贖罪《しょくざい》の場だ。

……ああ、狼《おおかみ》はどちらだ。

「柊木《ひいらぎ》、お前は間違ってる。あの毒は使っちゃいけないものだった。たとえこの密室でもあれは異物だった」

高坂《こうさか》は柊木《ひいらぎ》に語り掛ける。あの毒はこの密室でこそ使ってはいけなかった。毒の香りを嗅いだ村人たちはゲームの違和感に翻弄されて死んでいった。

高坂《こうさか》は次に七瀬《ななせ》に向く。

「ナナも違う。ゲームのルールは与えられたものだ。でも、狼《おおかみ》を演じて友人を殺した罪は償わなければならない」

高坂《こうさか》は宙を仰ぐ。逃げてはいけない。密室の出口の扉は自ら開け……。

高坂《こうさか》は立ち上がった。

「俺は二人を助けてやることはできない」

この密室ではずっと目を逸《そ》らしてきた。狼《おおかみ》に食われて死んでいく生徒。処刑され炎上する生徒。自分の意思で燃やした繭《まゆ》でさえも、高坂《こうさか》は仕方がなかったことだと逃避していた。

「もうすぐ夜になる。でも必ず俺は選択する」

思った。柊木《ひいらぎ》も七瀬《ななせ》も密室に汚染されたのではない。目の前にいる彼女たちが真実なのだ。教室では莫大《ばくだい》な情報により本質が見えなかった。他人どころか自分さえも見失ってしまう。

だが、この密室には真実があった。

人狼《じんろう》ゲームというルールを与えられた生徒たちは、初めて心をさらけ出した。

クラス委員長の最上《もがみ》の苦しみを初めて知った。そんな彼女と心を通じ合わせた片桐《かたぎり》。友人の死の際に見せた涙は純粋ではなかった。だがそれも本物だ。この密室でなければ三木原繭《みきはらまゆ》の気持ちも知ることはできなかっただろう。

生徒たちは教室での仮面をはぎ取り、ただの村人と狼《おおかみ》になった。そのコミュニケーションのほとんどは残酷で苦痛を伴ったが、濃密でいて美しいものだった。そのクラスメイトの全力の触れ合いを否定するわけにはいかない。

目の前の二人もさらけ出したのだ。彼女たちの言葉には偽物《にせもの》がなかった。狂気と死が渦巻く密室に身を委ねながらも自分自身の真実を見つけた。

それに応えねばならない。目の前の二人のため、死んでいったクラスメイトのため。そして自分自身のため……。

だからこの夜君を吊《つ》る。

エピローグ

whisper of the rabbit

最後の夜が明けた。
村人も人狼も生き残りをかけてフェアに戦った。
そして村には静寂が訪れる。
いつかこの廃村に村人が逃げ込むときがあるだろう。
しかしそれはもう少し先のこと。
人狼ゲームの勝者にはしばしの自由を。
そしてまた夜は来る……。

一つでも違っていたら運命は変わっていただろうか。

たとえば女性教師の仕事があと少しでも早く終わったとしたら。少女は母親の軽自動車に乗り、大好きな魔法少女のアニメの主題歌を聞きながら帰っていたはずだ。

しかし二年四組の一部の生徒の生活態度は悪かった。生活指導を担当していた女性教師の仕事は夜まで続いた。そして少女は夜まで学校で待ち続けた。

前園《まえぞの》の噂《うわさ》が真実だったら？

本を読んで過ごす少女に性的ないたずらをしていたという噂《うわさ》。少女は口止めをされ誰にも相談できなかったとしたら。

そんな少女が魔法使いに助けを求めたとしたら。

少女は魔法使いが学校にいると知る。夕日に照らされるプールの水面を歩く三木原《みきはら》繭《まゆ》の映像を見たからだ。

夕方にプールに行けば会えると考えたとしたら？

プールには侵入できる場所がある。もともとフェンスに小さな穴が開いていた。それを人が通れるようにと、二年四組の男子が穴を広げたからだ。

プールサイドに出た少女は、映像で見た魔法使いのように足を踏み出した。

少女を世話したのは女子たちの好意であり正しいことだ。多くのアクセサリーを与えたのも優しさだ。風紀委員長の七瀬《ななせ》が学校への持ち込みを緩和させたため、女子たちは多くのアクセサリーや菓子の類《たぐい》を教室でだぶつかせていた。

少女の体とポケットには大量のお菓子やアクセサリーがあった。それが重しとなり彼女の体が沈んでしまったとしたら。

そして少女の母親が二年四組全員の責任だと判断したのならば……。

あの密室は完成する。

助かる方法はあったのではないか？

もう少しだけ教室で理知的に振る舞うことができたならば。もう少しクラスメイトと心を通じ合わせることができたなら。

しかし皆はあの時間と空間を無造作に扱った。仮面を被《かぶ》り生徒という役職をこなしていただけだ。薄暗い密室から見た教室はとても眩《まぶ》しかった。あの光り輝く場所を自分たちはどうして直視しなかったのか。

密室から生還した高坂《こうさか》は、家にも学校にも戻らなかった。

ゲームクリアの賞金らしき金をもらい、そのまま街をさまよった。そんな中でいろいろな噂《うわさ》を聞いた。

高校生が学校のバスを勝手に運転し事故を起こした事件。バスは炎上し生徒が全員死んだ。ただし、数人の死体はなかった……。

復讐《ふくしゅう》サイトの噂《うわさ》。ほとんどが眉唾だが本物があると。自分のすべてを差し出すことで復讐《ふくしゅう》を決行してくれる。

人狼《じんろう》ゲームのリプレイ映像がネットに流れていることを知った。今となってはレトロなコミュニケーションゲームだが、一部の層には人気がある。そして単なるリプレイではなく、ガジェットや舞台に工夫を凝らしている。負けた人間は本当に死んでいるかと思うほどリアルな映像。さらに裏の映像があるとの噂《うわさ》も……。

とりとめのない情報だ。わかったのは自分はもう戻れないということだ。家や学校に戻ったとしてももう普通の生活はできない。あの空間は偽物《にせもの》だと知ったからだ。死と痛みを伴うあの密室は本物だった。ぞくりとするほどの真実に触れられた。

『いくつかの選択があります』

高坂《こうさか》のスマホにはアニメ調のウサギが映っていた。

『一つはプレイヤーから主催者側になること。私たちは優秀なゲームメーカーを募っています。そしてもう一つはプレイヤーを続けること。もちろん賞金も出ますすよ。そして最後に忘れること。私たちとの関連を絶つのです。でもあなたはそれはできない……』

自分は密室のルールに身を委ねた。狼《おおかみ》となった自分は村には戻れない。

もう一匹の狼《おおかみ》と会うべきだろうか。彼女と会って結論を……いや、彼女はすでに決めていることだろう。

＊

whisper of the wolf
私の過去は毒とともに密室で消えた。
それでもあの密室は私を囚《とら》えて離さない。
きっと私は……次の夜を望んでいる。

あとがき

人狼《じんろう》ゲームとはコミュニケーションゲームです。

仲間同士で対話をしながらゲームクリアを目指すことになります。

しかし、最近はこのような不完全情報ゲームにもＡＩが介入し、すでに大会などもあるようです。

詳細はわかりませんが、嘘《うそ》を吐《つ》くＡＩができれば面白いですね。

近年のＡＩの進化のスピードはすさまじく、将棋や囲碁は教材とされ一瞬にして解析されてしまいました。

昔は将棋ソフトは弱かったんですよね。

僕は戦略系ゲームが好きだったんですが、やはりソフトは弱く遅かったです。コンピューターが戦車を一つ動かすのに数十分考え続ける、という恐ろしい時代でした。

唯一強かったのは麻雀《マージヤン》ソフトですかね。ゲームセンターでコインを入れていきなり天和《テンホー》を上がられたときには戦慄した記憶があります。

ちなみにコンピューターもミスするのかと知ったのもその頃です。真夏の野外で携帯ゲームの野球をやっていたのですが、ヒットを打ったランナーが一塁を駆け抜け、そのままライトに消えてしまったのです。あの逆転のランナーはどこに行ったのでしょう……。

とにかくそんな時代からすると驚愕《きょうがく》する進化です。

ちなみに将棋や囲碁は完全情報ゲームと称されます。

将棋のＡＩの大会があり少し見たのですが、三番勝負などを同時に行うんですね。考えれば複製可能なので当然なのですが、とても驚いたことでした。そんな物量でこられたら完全情報ゲームは人間では太刀《たち》打《う》ちできません。

ただ、どれほど進化しようとも、囲碁や将棋がなくなることはないでしょう。

やっぱりゲームで重要なのは誰とやるかなんですよね。ミスして悔しがったり、ここぞというところで手が震えたり。

同じくＡＩは敗北の恐怖を学習できない限り、ゲームプレイヤーとして人間に勝てないのです。

ということで今後はソフトよりハード重視というか、ゲームに負けて悔しがる美少女アンドロイドを作る方向に向かってください。

ゲーム盤をひっくり返して泣きじゃくるアンドロイドができたときこそ人類の敗北。というか負ける日がくればいいなあ……。

◉土橋真二郎著作リスト

「扉の外」（電撃文庫）

「扉の外Ⅱ」(同)
「扉の外Ⅲ」(同)
「ツァラトゥストラへの階段」(同)
「ツァラトゥストラへの階段2」(同)
「ツァラトゥストラへの階段3」(同)
「ラプンツェルの翼」(同)
「ラプンツェルの翼Ⅱ」(同)
「ラプンツェルの翼Ⅲ」(同)
「ラプンツェルの翼Ⅳ」(同)
「アトリウムの恋人」(同)
「アトリウムの恋人2」(同)
「アトリウムの恋人3」(同)
「楽園島からの脱出」(同)
「楽園島からの脱出Ⅱ」(同)
「OP-TICKET GAME」(同)
「OP-TICKET GAME Ⅱ」(同)
「コロシアム」(同)
「コロシアムⅡ」(同)

「コロシアムⅢ」(同)
「女の子が完全なる恋愛にときめかない3つの理由」(同)
「このセカイで私だけが歌ってる」(同)
「処刑タロット」(同)
「処刑タロット2」(同)
「バーチャル人狼ゲーム 今夜僕は君を吊る」(同)
「殺戮ゲームの館〈上〉」(メディアワークス文庫)
「殺戮ゲームの館〈下〉」(同)
「生贄のジレンマ〈上〉」(同)
「生贄のジレンマ〈中〉」(同)
「生贄のジレンマ〈下〉」(同)
「演じられたタイムトラベル」(同)
「人質のジレンマ〈上〉」(同)
「人質のジレンマ〈下〉」(同)
「FAKE OF THE DEAD」(同)
「AI《アイ》に負けた夏」(同)

本書に対するご意見、ご感想をお寄せください。

電撃文庫公式ホームページ 読者アンケートフォーム
https://dengekibunko.jp/
※メニューの「読者アンケート」よりお進みください。

ファンレターあて先
〒102-8584　東京都千代田区富士見1-8-19
電撃文庫編集部
「土橋真二郎先生」係
「望月けい先生」係

本書は書き下ろしです。

電撃文庫

バーチャル人狼《じんろう》ゲーム

今夜《こんや》僕《ぼく》は君《きみ》を吊《つ》る

土橋真二郎《どばししんじろう》

2018年11月10日　初版発行

発行者　郡司 聡
発行　株式会社KADOKAWA
〒102-8177　東京都千代田区富士見2-13-3
0570-06-4008（ナビダイヤル）
装丁者　荻窪裕司（META＋MANIERA）
印刷　株式会社暁印刷
製本　株式会社ビルディング・ブックセンター

ISBN978-4-04-912161-2　C0193　Printed in Japan

電撃文庫　https://dengekibunko.jp/

電撃文庫創刊に際して

文庫は、我が国にとどまらず、世界の書籍の流れのなかで〝小さな巨人〟としての地位を築いてきた。古今東西の名著を、廉価で手に入りやすい形で提供してきたからこそ、人は文庫を自分の師として、また青春の想い出として、語りついできたのである。

その源を、文化的にはドイツのレクラム文庫に求めるにせよ、規模の上でイギリスのペンギンブックスに求めるにせよ、いま文庫は知識人の層の多様化に従って、ますますその意義を大きくしていると言ってよい。

文庫出版の意味するものは、激動の現代のみならず将来にわたって、大きくなることはあっても、小さくなることはないだろう。

「電撃文庫」は、そのように多様化した対象に応え、歴史に耐えうる作品を収録するのはもちろん、新しい世紀を迎えるにあたって、既成の枠をこえる新鮮で強烈なアイ・オープナーたりたい。

その特異さ故に、この存在は、かつて文庫がはじめて出版世界に登場したときと、同じ戸惑いを読書人に与えるかもしれない。

しかし、〈Changing Times,Changing Publishing〉時代は変わって、出版も変わる。時を重ねるなかで、精神の糧として、心の一隅を占めるものとして、次なる文化の担い手の若者たちに確かな評価を得られると信じて、ここに「電撃文庫」を出版する。

1993年6月10日
角川歴彦